传世的歌者

诗赋雅乐

《中国大百科全书》青少年拓展阅读版编委会　编

中国大百科全书出版社

图书在版编目（CIP）数据

传世的歌者·诗赋雅乐/《中国大百科全书》青少年拓展阅读版编委
会编.—北京：中国大百科全书出版社，2019.9
　　（中国大百科全书：青少年拓展阅读版）
　　ISBN 978-7-5202-0587-0

　　Ⅰ.①传… Ⅱ.①中… Ⅲ.①诗歌史—中国—古代—青少年
读物 Ⅳ.① I207.209-49

中国版本图书馆 CIP 数据核字（2019）第 208738 号

出 版 人	刘国辉
策划编辑	李默耘　程　园
责任编辑	程　园
封面设计	WONDERLAND Book design 仙遇 QQ:344581934
责任印制	李　鹏
出版发行	中国大百科全书出版社
地　　址	北京阜成门北大街 17 号
邮　　编	100037
网　　址	http://www.ecph.com.cn
电　　话	010-88390739
印　　刷	蠡县天德印务有限公司
开　　本	710 毫米 ×1000 毫米　1/16
字　　数	117 千字
印　　张	9
版　　次	2019 年 9 月第 1 版
印　　次	2020 年 1 月第 1 次印刷
定　　价	36.00 元

本书如有印装质量问题，请与出版社联系调换

序

百科全书（encyclopedia）是概要介绍人类一切门类知识或某一门类知识的工具书。现代百科全书的编纂是西方启蒙运动的先声，但百科全书的现代定义实际上源自人类文明的早期发展方式：注重知识的分类归纳和扩展积累。对知识的分类归纳关乎人类如何认识所处身的世界，所谓"辨其品类""命之以名"，正是人类对日月星辰、草木鸟兽等万事万象基于自我理解的创造性认识，人类从而建立起对应于物质世界的意识世界。而对知识的扩展积累，则体现出在社会的不断发展中人类主体对信息广博性的不竭追求，以及现代科学观念对知识更为深入的秩序性建构。这种广博系统的知识体系，是一个国家和一个时代科学文化高度发展的标志。

中国古代类书众多，但现代意义上的百科全书事业开创于1978年，中国大百科全书出版社的成立即肇基于此。百科社在党中央、国务院的高度重视和支持下，于 1993 年出版了《中国大百科全书》（第一版）（74 卷），这是中国第一套按学科分卷的大百科全书，结束了中国没有自己的百科全书的历史；2009 年又推出了《中国大百科全书》（第二版）（32 卷），这是中国第一部采用汉语拼音为序、与国际惯例接轨的现代综合性百科全书。两版百科全书用时三十年，先后共有三万多名各学科各领域最具代表性的专家学者参与其中。目前，中国大百科全书出版社继续致力于《中国大百科全书》（第三版）这一数字化时代新型百科全书的编纂工作，努力构建基于信息化技术和互联网，进行知识生产、分发和传播的国家大型公共知识服务平台。

从图书纸质媒介到公共知识平台，这一介质与观念的变化折射出知识在当代的流动性、开放性、分享性，而努力为普通人提供整全清晰的知识脉络和日常应用的资料检索之需，正愈加成为传统百科全书走出图书馆、服务不同层级阅读人群的现实要求与自我期待。

《〈中国大百科全书〉青少年拓展阅读版》正是在这样的期待中应运而生的。本套丛书依据《中国大百科全书》（第一版）及《中国大百科全书》（第二版）内容编选，在强调知识内容权威准确的同时力图实现服务的分众化，为青少年拓展阅读提供一套真正的校园版百科全书。丛书首先参照学校教育中的学科划分确定知识领域，然后在各类知识领域中梳理不同知识脉络作为分册依据，使各册的条目更紧密地结合学校课程与考纲的设置，并侧重编选对于青少年来说更为基础性和实用性的条目。同时，在条目中插入便于理解的图片资料，增加阅读的丰富性与趣味性；封面装帧也尽量避免传统百科全书"高大上"的严肃面孔，设计更为青少年所喜爱的阅读风格，为百科知识向未来新人的分享与传递创造更多的条件。

百科全书是蔚为壮观、意义深远的国家知识工程，其不仅要体现当代中国学术积累的厚度与知识创新的前沿，更要做好为未来中国培育人才、启迪智慧、普及科学、传承文化、弘扬精神的工作。《〈中国大百科全书〉青少年拓展阅读版》愿做从百科全书大海中取水育苗的"知识搬运工"，为中国少年睿智卓识的迸发尽心竭力。

本书编委会
2019 年 9 月

目　录

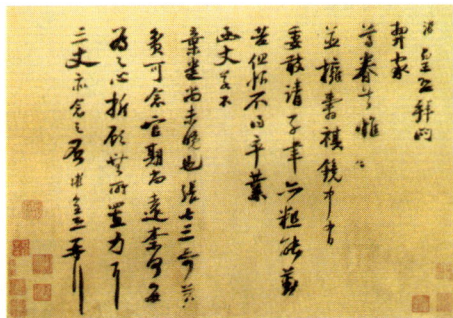

《诗经》

中国第一部诗歌总集。简称《诗》，或称"诗三百"。西汉时期将它正式奉为经典，才称为"诗经"，并沿用至今。《诗经》收录了自西周初期至春秋中叶（约公元前11世纪至前6世纪）大约500年间的诗歌305篇，分为《国风》《雅》《颂》三大部分。其中的《国风》是周南、召南、邶、鄘、卫、王、郑、齐、魏、唐、秦、陈、桧、曹、豳等15个诸侯国的土风歌谣，共160篇。《雅》是西周王畿地区的正声雅乐，共105篇，又分大雅和小雅。"大雅"31篇，用于诸侯朝会；"小雅"74篇，用于贵族宴享。《颂》是统治阶级宗庙祭祀的舞曲歌辞，又分"周颂"31篇，"鲁颂"4篇，"商颂"5篇，共40篇。另有6篇"笙诗"（《南陔》《白华》《华黍》《由庚》《崇丘》《由仪》）只存篇目。

《诗经》的来源和编集 《诗经》作品的来源主要有：一是"采诗"，周朝有称为"行人"的采诗官，负责采集民间歌谣，由称为"太师"的乐官配好音律，给天子演唱，以供朝廷考察风俗民情和政治得失。由于采诗由官府主持，并得到各诸侯国的协助，所达到的地域相当广阔，所以，各地民歌得以集中起来。二是"献诗"，周朝公卿士大夫或出于讽谏，或出于歌颂，要向周天子献诗，并形成献诗制度。此外，还有些诗是下层贵族和小官吏的抒愤之作，被从民间搜

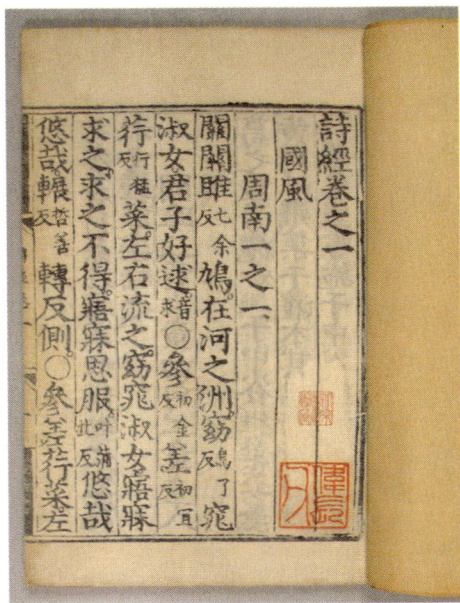

《诗经》（明刻本）

集来集中到太师手里。至于那些敬神祭祖和反映宴饮内容的诗歌，当是巫史等职官和有关贵族的奉命之作。

《诗经》的编集成书，汉代司马迁《史记·孔子世家》认为是经孔子的删订。这个说法影响很大，但有资料证明，孔子时代已有《诗经》的集本。一些学者认为，说孔子对"诗"曾经做过"正乐"的工作，那主要是整理《诗经》的乐章，使《雅》《颂》与所配音乐相一致。《诗经》的真正编订者是周王朝的乐官太师和一般乐工，可能最初搜集的古诗数量很多，整理编选其中一部分作为演唱和教诗的底本。

本来，《诗经》与音乐、舞蹈密切结合，《墨子·公孟》有"诵《诗》三百，歌《诗》三百，弦《诗》三百，舞《诗》三百"之说。只是由于春秋战国的社会动乱，乐谱、舞姿难记而失传，而只剩下歌词，就成为现在所见到的《诗经》。

《诗经》的思想内容 《诗经》写于公元前11—前6世纪，但它反映的生活却远远超过这个范围：上至神话传说时代，下至春秋，这个时期的方方面面，特别是周代社会的各个阶级、阶层，社会生活的各个领域，乃至人们的精神和心理，都做了全方位的形象的反映。它以其特有的丰富性和广泛性成为那个时代的一部百科全书。

民族史诗 "大雅"中的《生民》《公刘》《緜》《皇矣》和《大明》5篇诗歌，以简朴的笔触记录周民族发祥、创业直到灭商和建立周朝的历史。《生民》带有神话色彩，叙述周民族始祖后稷神奇的诞生和发明农业的历史传说。后稷发明农业，实际是周民族自己对农业伟大贡献的写照。把自己的发明归于神，表现出对这一伟大发明的自豪和赞美。《公刘》叙述周人在公刘率领下，由邰迁豳以及在豳地开垦荒地，营造居室，建设家园的历史。《緜》叙述古公亶父率领周人由豳迁岐，划定疆界建立城郭的历史。《皇矣》写文王伐密、伐崇，发展壮大周民族的伟大功绩。《大明》主要描写并赞颂武王伐纣推翻殷商统治的辉煌胜利。这5篇诗歌，神话与历史、想象与真实相交融，以鲜明的形象和故事比较完整地再现了周民族历史上由野蛮到文明的历史进程，其时间跨度超越千年（公元前21—前11世纪），并经历了不同的社会形态（由原始社会到阶级社会），生动地表现出民族史诗的特征。

农事诗　周人以农立国，重视农业，以农耕文化为背景的农事诗较发达。按内容，农事诗可以分为两类：一类以描绘农奴生活为主，如《豳风·七月》叙述农奴一年到头无休止的繁重劳动和饥寒交迫的生活，真实地反映了处于社会最底层的广大劳动人民的悲惨命运。另一类以叙述农事过程以及有关的宗教活动和日常生活为主，如《小雅》中的《楚茨》《甫田》《大田》，《周颂》中的《臣工》《丰年》《载芟》等。这些诗歌具体叙述了从春种到秋收的农事过程和丰收的景象。周人对于自己在农业上取得的成绩充满了自豪，赞美之情溢于言表。在对与农事有关的日常生活叙写中，特别强调人际关系，如宾主之间、长幼之间的和谐和美满。这两类农事诗合在一起，也许能够比较全面地反映周代社会的真实面貌。

战争诗　战争诗是指以战争为题材，直接反映战争或围绕战争而展开叙写的诗歌。按内容，战争诗也可以分为两类：一类是反映周天子对外战争的诗歌，如"大雅"中的《江汉》《常武》，"小雅"中的《采薇》《出车》和《六月》等。宣王时代，四夷入侵，周朝兴正义之师，进行了反侵略的正义战争。作品表现出征将士英勇抗击侵略的爱国精神。虽然是直接反映战争，却从不描写厮杀和格斗，而更多的是渲染车马旗服之威、军行纪律之严以及凯旋的盛况，体现了崇德义，重教化，不战而胜的军事思想。《采薇》表现士兵勇赴国难，驰骋疆场，又顾念家室，幽怨萦怀的复杂心情。另一类是反映诸侯对外战争的诗歌，如《秦风》中的《无衣》，表现慷慨激昂、团结互助、英勇抗敌的爱国精神。可以看出，战争诗不但写了战争，更写了人们的思想、精神、感情和心理。

怨刺诗　西周末年，王室衰微、政治黑暗、社会动荡，出现了

大量的反映丧乱、针砭时政的怨刺诗。怨刺诗数量较多，如《魏风》中的《伐檀》《硕鼠》，《鄘风》中的《墙有茨》《相鼠》，《齐风·南山》，《陈风·株林》，"大雅"中的《民劳》《板》《荡》，"小雅"中的《节南山》《正月》《十月之交》等。这些诗歌，或揭露嘲讽剥削者的不劳而获、无功受禄，或抨击统治者的腐朽黑暗、无耻丑行，无不寓寄着强烈的怨愤。"大雅"中怨刺诗的作者社会地位较高，有的本身就是公卿贵族，其诗愤激中多有忧虑和劝谏。"小雅"中怨刺诗的作者在统治阶级中地位较低，其诗愤激中多有不平和哀怨。《国风》中怨刺诗的作者多为劳动人民，其诗愤激中多有愤怒和指斥。

婚恋诗　婚恋诗是指以恋爱、婚姻和家庭为主题的诗歌。这部分诗歌也较多，在《诗经》中占有很大的比重，除少数几篇在"小雅"中外，绝大部分都在《国风》中。这些诗歌内容丰富多彩，多层面、多角度地反映了爱情、婚姻生活，诸如对爱情的追求、相思的痛苦、幽会的期待，以及新婚的欢乐和幸福。尤其突出的是，还写了爱情、婚姻遭受的挫折和压力，如《郑风·将仲子》中父母、诸兄和旁人之言的"可畏"，使青年男女内心充满矛盾和不安。面对挫折和

《节南山之什图》

压力，《鄘风·柏舟》中的主人公呼天抢地，誓死不屈。这样把爱情放在一定的社会环境中，作品的意义更丰富，人物性格更突出。《邶风·谷风》和《卫风·氓》写了男女在家庭中的不同地位和给妇女造成的不幸，触及更为深刻的社会问题，说明作品反映生活的深度。

此外，《诗经》还有很多诗歌，如祭祀诗、宴饮诗、田猎诗、赞颂诗等，也都反映了周代社会生活的不同侧面，具有不同的意义和价值。

《诗经》的艺术成就　《诗经》不仅思想、内容丰富，而且艺术成就极高。这主要表现在4个方面。

朴素自然的艺术风格　《诗经》的艺术风格决定于它的创作个性。《诗经》的作者十分广泛，包括社会各个阶层，所咏所唱，都来自他们自己的生活和切身感受。所以，所咏对象无论是劳动、爱情还是时事、家事，所抒之情无论是喜是悲、是爱是恨，都言之有物，切中要害，并且不假雕饰，直抒胸臆，丝毫没有矫揉造作之态。这一点在《国风》的情歌中表现尤其突出。即使是那些直斥权贵和"君子"的诗歌，也不为尊者讳，而敢于吐露心声，直言相告，表现出一片纯真和直质。《雅》诗和《国风》中那些揭露弊政和不平现象的诗歌，如

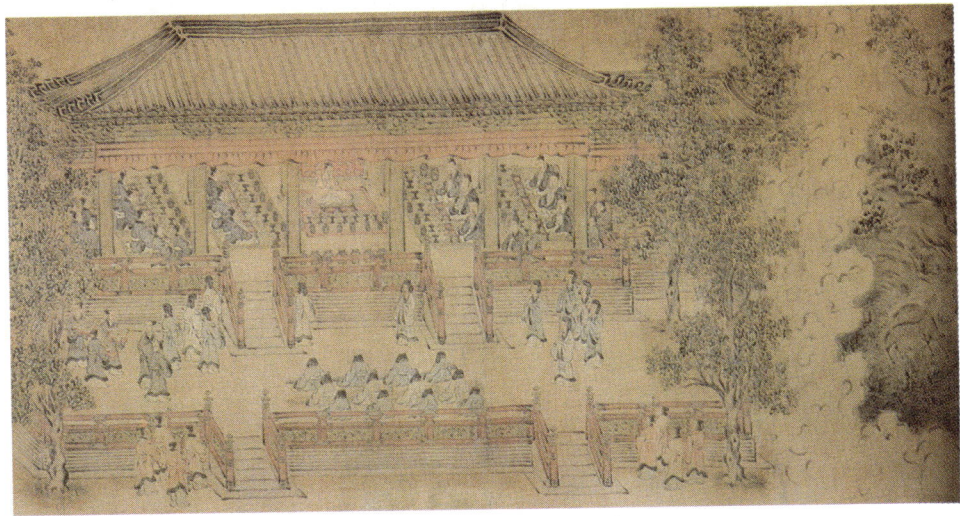

《鹿鸣之什图》

"小雅"中的《北山》《大东》,《魏风·伐檀》《鄘风·相鼠》都是如此。《诗经》正是从真实生活和切身感受出发,在真实的基础上达到了思想内容与艺术形式的统一,形成了朴素自然的艺术风格。

赋比兴的表现手法 运用赋比兴的表现手法塑造诗歌艺术形象是《诗经》最具代表性的艺术方法之一。赋就是直接铺陈叙述,既可以叙事描写,也可以抒情议论,是一种最基本的表现方法。《豳风·七月》写了农夫一年12个月的劳动和生活,写得十分清楚明确,充分显示了赋法的特点和优长。比就是比喻。通过形象的比喻,突出事物特征,表达强烈的感情和倾向。例如《魏风·硕鼠》把剥削者喻为大老鼠,有力揭露了剥削者的本质,同时表达了对剥削者的憎恨。有的诗歌通篇用比,如《豳风·鸱鸮》就是一首比体诗,其意义通过比附象征表现出来。兴就是触物起兴,也就是客观事物触发主观感情和想象。兴句与下文之间具有内在联系,除开头称韵之外,还可以比附象征、烘托气氛、启发联想。如《周南·桃夭》《郑风·野有蔓

《唐风图》

草》等诗运用兴的方法，达到情景交融、物我相谐的艺术境界，具有强烈的艺术感染力。有些诗歌常常是赋比兴3种方法综合运用，发挥各自的优长，共同塑造诗歌艺术形象，收到良好的艺术效果。

结构艺术和句式 《诗经》最具代表性的结构就是复沓。复沓就是围绕同一旋律反复咏唱的形式，也就是在同一首诗中，在字句基本相同的若干章之间，只是对应地变换个别字词。这样，各章之间重复中有变化，并在重复和变化中使内容不断加深，感情不断加强。而就整体看来，又显得摇曳多姿、错落有致。《诗经》创造并成熟运用了四言句式，这种句式与表达上古时代质朴自然的感情是完全适应的。除四言句式之外，根据需要，还运用了从两字句到八字句的各种句式，显得灵活多样，富于变化。

优美丰富的语言 《诗经》的语言优美生动、丰富多彩，取得了很高的艺术成就。尤其是《国风》，它的语言是在民间语言的基础上经过精细的锤炼加工，所以，既有民间语言的朴素、明快，又有文人语言的典丽、严整，形成了一种准确、鲜明、优美、生动，具有很强表现力的文学语言。比如，仅是表现手的动作的词就有数十个，《周南·芣苢》表现采芣苢一事，就用了6个表示不同动作的动词。至于各类名词、形容词更是不可胜数。形象描绘和传神写照自不必说，就是一些抽象的事物也能形象地加以表述。而重言叠字（如"关关""灼灼""丁丁""嘤嘤"）和双声叠韵词的运用，更增强了语言的形象性和表现力。

此外，在修辞手段和用韵方面也很有特色。

《诗经》对后世文学的影响 《诗经》是中国文学的光辉起点，也是文学史上的一座高峰，对后世文学的发展产生了深刻影响。主要在于：从现实出发，积极反映现实的现实主义精神；确立了民间文学在文学史上的崇高地位，昭示着历代文人、作家不断向民间文学学习。艺术风格、表现手法和语言技巧成为不朽的典范。

楚辞

中国战国时期兴起于楚国的一种诗歌样式。"楚辞"这一名称，按其本义来说，是指楚人或楚地的歌辞的意思，表明是一种具有浓厚地方色彩的新诗体。"楚辞"的名称，最早见于西汉前期。汉人有时简称它为"辞"，或连称为"辞赋"。又由于楚辞中最有代表性的作品是屈原的《离骚》，所以后人也有以"骚"来指称楚辞的。如萧统《文选》中的"骚"类、刘勰《文心雕龙》中的《辨骚》篇，就是对整个楚辞而言。从汉代开始，"楚辞"又成为屈原等人作品的总集名。

楚辞渊源于中国江淮流域楚地的歌谣。它受到《诗经》的某些影响，但同它有直接血缘关系的，还是在南方土生土长的歌谣。楚地早有歌谣，据刘向《说苑》记载，约公元前 6 世纪有《越人歌》和《楚人歌》。《论语》载孔子曾听到《接舆歌》，《孟子》中也有《孺子歌》，等等。这些歌谣篇幅不长，但在语言形式和造语风韵上，都与北土之歌显著不同，如句式较长，富于抒情，并多带有"兮"字调，而这正与后来出现的屈原楚辞体诗歌相接近，从而可知楚辞体的形成与这类楚地歌诗的密切关系。另外，从楚辞体的艺术特色来看，它与楚地的原始宗教、巫祝文化也有着密切关系。楚人信鬼神，隆祭祀，好巫术，直到屈原时代这种宗教活动以及相应而流传的某些神话故事，保存下来的仍比较多。它们被诗人屈原所吸收，构成了楚辞作品的显著艺术特征，即奇特的构思、宏伟的结构、华丽的辞采、新颖的语言形式，所谓"夫屈子以穷愁之志，写忠爱之诚，而创'骚体'。或寓鬼神，或寄情草木，怪奇瑰异，莫可端倪"（清高钟《楚辞音韵自序》）。楚辞是创始于屈原的一种显著不同于《诗经》的新文体、新艺术。

楚辞的主要作者是屈原。他创作了《离骚》《九歌》《九章》《天问》等不朽作品。在屈原的影响下，楚

楚辞诗意画——湘君湘夫人图轴（明代文徵明）

国又产生了一些楚辞作者。据《史记》记载，有宋玉、唐勒、景差等人。现存的楚辞总集中，主要是屈原及宋玉的作品，唐勒和景差的作品大都未能流传下来。

楚辞约于西汉前期已成为屈、宋等人作品的总称。《史记》《汉书》在记述西汉事时，或者以《春秋》与"楚辞"对举，或者把"六艺"与"楚辞"并列，都表明了这一点。西汉末成帝河平三年（前26）刘向领校中秘书，整理屈、宋诸作品，始编定《楚辞》。虽然东汉末郑玄、晋代郭璞等在注释其他典籍场合，引述屈原作品有时还以"离骚"来代称楚辞，但作为总集名称的《楚辞》，已流传于世。至于《楚辞》这一总集的篇目、卷数，王逸《楚辞章句叙》里曾提道："逮至刘向典校经书，分为十六卷。"《四库全书总目》则说："初，刘向裒集屈原《离骚》《九歌》《天问》《九章》《远游》《卜居》《渔父》，宋玉《九辩》《招魂》，景差《大招》，而以贾谊《惜誓》，淮南小山《招隐士》，东方朔《七谏》，严忌《哀时命》，王褒《九怀》及刘向所作《九叹》，共为《楚辞》十六卷，是为总集之祖。逸又益以己作《九思》与班固二'叙'，为十七卷，而各为之注。"刘向编定的《楚辞》16卷久已亡佚。只有王逸的17卷本《楚辞章句》流传至今，可以略见《楚辞》原本的大概。

楚辞在中国诗史上占有重要地位。"诗""骚"并称，成为中国古典诗歌的两大源头。楚辞中的屈原作品更以其深邃的思想、浓郁的情感、丰富的想象、瑰丽的文辞，体现了内容与形式的完善统一。它的比兴寄托手法不仅运用在遣词造句上，且能开拓到篇章构思方面，为后人提供了创作的楷模。而它对其后的赋体、骈文、五七言诗的形成，又都发生了深远的影响。诚如刘勰所说："其衣被词人，非一代也。"

屈　原

中国战国时代楚国诗人。政治家。名平，字原。据汉以后各家之说推断为丹阳（今属湖北）人。

屈原生活在战国中后期，正是中国古代社会大变革的关头。为了保国和争雄于天下，各诸侯国兼并战争空前激烈，重新统一的局面即将出现；为了刷新政治，争取民心，力图富强，变法运动在当时各主要国家相继进行。屈原生活在当时的楚国，正处在这一时代激烈的潮流之中。

生平与思想　屈原是与楚王同姓的贵族。屈原的先人屈瑕是楚武王（熊通）的儿子，封于屈地，因以为氏。战国之世，楚公族中以屈、景、昭三氏为最通显。早年，屈原以贵族身份，任三闾大夫之职，主要负责公族子弟的管理和教育。大约由于诗人品德和才学的优异，而受到楚怀王的拔擢和信任，不久即被任命为左徒（仅次于令尹，相当于副宰相）的要职。《史记》上记载，他这时"入则与王图议国事，以出号令；出则接遇宾客，应对诸侯"。在他任职期间，楚国的政治和外交都取得了一些成就，例如，他对内主张"举贤授能"，刷新政治；奉命起草"宪令"，为国家的富强而立法，限制旧贵族的权益，两次东使于齐，主张合纵抗秦，收复祖国失地。屈原的政治主张和政治才能，特别是他果于执法的精神，遭到旧贵族势力的嫉恨和反对。他们处心积虑对屈原横加诬陷，离间屈原和楚怀王的关系，终于使昏庸的楚怀王"怒而疏屈平"。

屈原以"信而见疑，忠而被谤"，遭谗被疏。他满怀"存君兴国"之志，却唤不醒昏庸之主，眼看楚国兵挫地削，危亡无日，自己却被疏失位，救国无门。他的满腔热情变成了无比的悲伤与愤慨，从而写下了震古烁今的长诗——《离骚》。这时他面临着各种诱惑和选择：或放弃理想，避世远祸，逍遥自适；或离开楚国乡土，到他国去做客卿。但他不肯放弃理想和责任，更不肯弃国出走，而是决心与祖国共命运。

屈原既黜，由郢都溯江北上，流浪于汉北。这一时期屈原作《抽思》一诗。诗中指责了楚怀王的虚骄自用和性格多变，并抒写了远离国都度日如年的痛苦，同时也表达了他对于祖国不能须臾忘怀，对人民无限同情的感情。

屈原被疏远后，楚怀王放弃了联齐抗秦的方针。怀王三十年（前299），秦昭王于大败楚军以后又提出秦楚联姻，要求与怀王会盟。去与不去，怀王犹疑不决。据记载，这时屈原已回郢在朝。他与大臣昭

湖北秭归乐平里屈原出生地

睢皆阻楚王前往，认为"秦虎狼，不可信"，认识到这不过是秦的骗局，不如"发兵自守"。但以怀王幼子子兰为一方的对秦妥协派，却亟劝怀王前行，说"奈何绝秦欢心"。结果，怀王听信了子兰等人的话而往秦国。怀王至武关，就被秦裹挟至咸阳，待楚王如蕃臣，并以割地相要挟，楚王不许，结果被拘留于秦。楚国将质于齐的太子横接回，立为顷襄王。顷襄王三年（前296）怀王卒于秦国。

对于怀王末年的这一变故，在屈原看来，乃是一桩丧君辱国惨痛无比的事，从而他对劝楚王入秦的祸首子兰等人十分愤恨，结果遭到子兰的迫害。子兰唆使上官大夫进谗言于顷襄王，而流放屈原于江南。从屈原的作品看，屈原这次被流放的时间很长，在极端困苦、彷徨中走了很多地方，未得生还。屈原首先从郢都浮江而下到了陵阳（今安徽青阳县南），停了一个时期又溯江而上到达了辰阳。后又南折入溆浦（辰阳、溆浦均在今湖南沅陵一带），不久下沉入洞庭湖，渡湘水而达汨罗。屈原在这期间，虽然一直煎熬在极端痛苦的生活中，但他忧国忧民的心志始终未变。就在屈原渡湘水到达汨罗附近，时当顷襄王二十一年（前278），秦将白起率大军打进了楚国，拔郢都，烧楚先王陵墓。这一重大事变，使诗人屈原感到一切希望都破灭了。为了殉于自己的理想，表明自己至死不离祖国的决心，自沉于汨罗江。在他临死前所写的绝命辞《怀沙》中，他再一次揭露了楚国"变白以为黑兮，倒上以为下；凤皇在笯（竹笼）兮，鸡鹜翔舞"的黑暗现实，同时冷静而严肃地说，"知死不可让，愿勿爱兮，明告君子，吾将以为类兮""民生禀命，各有所错兮；定心广志，余何畏惧兮"。这说明屈原的死，不单纯出于感情上的激愤，也是出于自己的理智。他和那个黑暗的社会既然不能调和，而国破家亡的现实更使他无路可走，就只有以一死来表明自己的志向，来殉于自己的国家了。《怀沙》首句记述时令："滔滔孟夏兮，草木莽莽。"这和后世传说他死在五月初五是颇为接近的。

作品 按班固《汉书·艺文

志》著录为 25 篇，但未标出具体篇目。见于司马迁《史记·屈原列传》的有《离骚》《天问》《招魂》《哀郢》和《怀沙》5 篇。东汉王逸的《楚辞章句》是现存最早《楚辞集》注本，它标明属于屈原的作品有《离骚》、《九歌》（11 篇）、《天问》、《九章》(9 篇)、《远游》、《卜居》、《渔父》，篇数与《汉书·艺文志》相符。但后人对于王逸的这个篇目，也提出许多疑问。一般认为《招魂》应依司马迁所著录亦为屈原所作。《卜居》《渔父》都是根据某些关于屈原的传说敷衍而成，应不属屈原自作。

屈原是战国时代新诗体——楚辞的创造者。他的《离骚》《九歌》《天问》《九章》等优秀诗篇，反映了他的进步的"美政"理想和为祖国献身的伟大精神，充满了炽烈的爱国热情。在艺术上，采取大量的神话传说入诗，想象丰富，体制宏伟，语言奇丽，是中国积极浪漫主义文学的渊源和光辉典范。

宋 玉

中国战国后期楚国辞赋家。关于宋玉的生平事迹，史料极少且甚分散，除司马迁《史记·屈原贾生列传》曾附及数语外，自汉迄唐的一些著作中，如刘向的《新序》，王逸的《楚辞章句》、《韩诗外传》卷七，《水经注》卷二十八，《襄阳耆旧传》卷一和《北堂书钞》卷三十三等仅偶有片段的记述。从中可知宋玉大致生平情况如下：

宋玉，楚国鄢都（今湖北宜城东南）人。生卒年已不能确考。大约生于楚怀王十年（前 319）前后。爱国诗人屈原出仕怀王，为了刷新政治，振兴楚国，曾网罗培育人才。宋玉早年曾师事屈原，与唐勒、景差同辈。他出身低微，有才学而不能从俗。屈原遭谗被逐，宋玉曾企图靠同学朋友出仕，顷襄王仅以为"小臣"。宋玉主要生活于顷襄王时期，当时强秦压境，国土

沦丧，楚国朝不保夕。宋玉常在顷襄王面前谈说利害，陈述计划，但顷襄王终不见察。虽常侍顷襄王左右，但"好乐爱赋"的顷襄王只欣赏他的"识音而善属文"，只不过把他视为一个"词臣"而已。有时他在赋作中微作讽喻，但终不能有大建树。有人嘲笑他时，他曾以鲸、凤、玄蝯（猿）自喻，认为自己"处势不便"，而难以较功量能，施展抱负。又称自己"曲高和寡"而难以被人了解。晚年时期，受奸佞谗害，离开宫廷，生活困顿。他忠君爱国之心不改，始终系念君国的安危，渴求得到楚王的信任，但君门九重，关梁不通，忠悃难伸，回归无望。面临悲惨的处境，他持守高洁，"食不偷而为饱兮，衣不苟而为温"，表示"宁穷处而守高"，而不乐"浊世而显荣"（《九辩》）。约卒于顷襄王末年至考烈王初年（前262）前后。40年后，楚为秦所灭。

关于宋玉的作品，《汉书·艺文志》著录16篇，无具体篇目。《隋书·经籍志》著录《宋玉集》3卷，《旧唐书·经籍志》和《新唐书·艺文志》分别著录《宋玉集》2卷。至《宋史·艺文志》已失载，其失传大约在南北宋之交。而现可见署名宋玉的作品，王逸《楚辞章句》载《九辩》和《招魂》两篇，萧统《文选》载《风赋》《高唐赋》《神女赋》《登徒子好色赋》《对楚王问》以及《九辩》（5章）和《招魂》。无名氏《古文苑》载《笛赋》《大言赋》《小言赋》《讽赋》《钓赋》《舞赋》6篇。另外，清严可均所辑《全上古三代秦汉三国六朝文》又增辑《高唐对》一篇。

以上除《文选》所载与《楚辞章句》所载有两篇重出外，迄今所见署题宋玉的作品共计14篇。不过对上述作品的真伪问题，古今一直有所争论。关于《招魂》一篇，现在比较公认当依司马迁《屈原贾生列传》所著录，为屈原作品。《文选》所载5篇，除《对楚王问》一篇，可能是后人对宋玉辞令的记叙（亦收入刘向《新序》）外，其他未可轻疑。《古文苑》所收6篇，问题较多，待考。今人认为楚辞体作品《九辩》和赋体作品《风赋》《高唐赋》和《神女赋》等应为宋玉可靠而重要的作品。

宋玉是紧踵伟大诗人屈原之后享有盛名美誉的作家。由于他的辞赋创作承袭屈原而又独具成就，有着不可泯灭的地位，故历史上每以"屈宋"联骈并称，有"屈宋逸步，莫之能追"，"屈平联藻于日月，宋玉交彩于风云"（刘勰《文心雕龙·辨骚》）之说。

贾　谊

中国西汉文帝时的政论家、思想家和文学家。洛阳（今河南洛阳东北）人。颇通诸子百家之书，18岁时以能诵诗书属文而闻名，后为河南郡守吴公召置门下。文帝即位之初，听说吴公治政为天下第一，又曾师事李斯，故征以为廷尉。由于吴公的推荐，贾谊得任为博士。当时他年仅20余岁，在博士中最为年轻。每次参议诏令，诸博士尚未能言，贾谊即尽为之对答，并得到众人的赞同，于是一年之中便破格升迁为太中大夫。贾谊以为汉王朝建立已20多年，天下安定，应该改正朔，易服色，定官名，兴礼乐和更定法令。文帝对贾谊的才能和建议颇为赏识，拟任贾谊为公卿，但因周勃、灌婴等重臣的反对，不得已而作罢，出贾谊为长沙王太傅。贾谊在长沙时，曾写了《吊屈原赋》和《鵩鸟赋》，以表露内心的怨愤和悲伤。后来文帝思念贾谊，又特地召见他，问鬼神之事于宣室，君臣谈至夜半。贾谊随即被拜为梁怀王太傅，先后多次上疏陈治安之道，这些奏疏被后世史家称为《治安策》。文帝十一年（前169），梁怀王坠马而死，贾谊自伤失职，翌年也悲郁而死，年仅33岁。

据《汉书·艺文志》著录，贾谊的著作有《贾子》58篇、赋7篇。今传《新语》是后人纂辑的贾谊著作汇编。贾谊的思想博采异说，而折诸儒家。比较中肯地探讨了秦朝二世而亡的历史教训，对汉初的社会弊病作了深刻揭露，并提出了一系列对策。他强调发展农业

生产，强本节俭。对于当时诸侯王与中央分庭抗礼，贾谊则呼吁及早抑制，提出以"众建诸侯而少其力"的办法，削弱其势力。在经济上，主张将采铜铸币权收归中央，铸造统一的"法币"。贾谊认为礼与法不可偏废，强调倡导礼乐，实行道德教化。主张用礼来规定各种地位的人在政治、伦理上的权利与责任，调节社会财富在不同等级间的分配与消费。贾谊还从民本思想出发，重视民意，爱惜民力，建议由民的爱戴与否来判定吏是否贤能，使民参与吏的选举。这些观点部分为文帝所采纳，对当世和整个汉代的政治有很大的影响。

枚 乘

中国西汉辞赋家。字叔。淮阴（今江苏淮安市西南）人。初为吴王刘濞郎中，吴王有叛心，枚乘上书谏劝，吴王不听，于是枚乘投奔梁孝王刘武。景帝时，吴王参与六国谋反，枚乘又上书劝阻，吴王仍然拒绝了他的劝告，最后兵败身死。枚乘也因此而知名。"七国之乱"平定后，景帝拜他为弘农都尉，他不愿做郡吏，称病离职，仍旧到梁国，为梁王的文学侍从。梁王的客卿皆善辞赋，而枚乘的造诣最高。梁王死后，枚乘回到淮阴故里。武帝即位，慕其文名，派"安车蒲轮"接他入京，终因年老死于途中。

据《汉书·艺文志》，枚乘有赋9篇，今传赋3篇，其中《七发》见于萧统《文选》，《柳赋》见于《西京杂记》，《梁王菟园赋》见于《古文苑》。后两篇前人疑为伪作，公认可靠的只有《七发》。《七发》是一篇讽喻性作品。赋中假设楚太子有病，吴客前去探望，通过互相问答，构成七大段文字。吴客认为楚太子的病因在于贪欲过度、享乐无时，不是用药和针灸可以治愈的，只能"以要言妙道说而去也"。于是分别描述音乐、饮食、乘车、游宴、田猎、观涛六件事的乐趣，一步步诱导太子改变生活方式；最后要向太子引见"方术之士"，"论天下之精微，理万物之是非"，太子乃霍然而愈。作品的主旨在于劝诫贵族子弟不要过分沉溺于安逸享乐，表达了作者对贵族集团腐朽纵欲的不满。

《七发》的艺术特色是用铺张、夸饰的手法来穷形尽相地描写事物，语汇丰富，辞藻华美，结构宏阔，富于气势。刘勰说："枚乘擒艳，首制《七发》，腴辞云构，夸丽风骇。"（《文心雕龙·杂文》）《七发》体制和描写手法虽已具后来散体大赋的特点，但不像后来一般大赋那样堆叠奇字俪句，而是善于运用形象的比喻对事物作逼真的描摹。如赋中写江涛，用了飞鹭、车马、三军涌动等形象生动的比喻，绘声绘色地描写了江涛汹涌的情状；再如赋中用夸张、渲染的手法表现音乐的动听，用音节铿锵的语句写威武雄壮的校猎场面，也都颇为出色。在结构上，《七发》用了层次分明的七大段各叙一事，移步换形，层层递进，最后显示主旨，有中心、有层次、有变化，不像后来一般大赋那样流于平直呆板。枚乘《七发》的出现，标志着汉代散体大赋的正式形成。后来沿袭《七发》体式而写的作品很多，如傅毅《七激》、张衡《七辩》、王粲《七释》、曹植《七启》、陆机《七徵》、张协《七命》等。因此在赋史上，"七"成为一种专体。

枚乘散文今存《谏吴王书》《重谏吴王书》两篇。对吴王刘濞反汉，枚乘曾两次上书谏阻，痛陈利害，表现了一定的政治识见和维护统一局面的政治态度。枚乘散文善用比喻，多用排句和韵语，具有明显的辞赋特点。

徐陵《玉台新咏》载有《杂诗》9首，指名为枚乘作。刘勰称"古诗佳丽，或称枚叔"（《文心雕龙·明诗》）；萧统《文选》列为无名氏作。后人多依《文选》，认为非枚乘作品。

《隋书·经籍志》有《枚乘集》2卷，已散佚；近人辑有《枚叔集》。

司马相如

中国西汉辞赋家。字长卿。蜀郡成都（今四川成都）人。少好读书击剑。景帝时，为武骑常侍。景帝不好辞赋，他称病免官，来到梁国，与梁孝王的文学侍从邹阳、枚乘等同游，著《子虚赋》。梁孝王死，相如归蜀，路过临邛，结识商人卓王孙寡女卓文君。卓文君喜音乐，慕相如才，相如以琴音挑之，文君私奔相如，同归成都。家贫，后与文君返临邛，以卖酒为生。二人故事遂成佳话，为后世文学、艺术创作所取材。武帝即位，读了他的《子虚赋》，深为赞赏，因得召见。又写《上林赋》以献，武帝大喜，拜为郎。后又拜中郎将，奉使西南，对沟通汉与西南少数民族关系起了积极作用，写有《喻巴蜀檄》《难蜀父老》等文。后被指控出使受贿，免官。一年后，又召为郎，转迁孝文园令，常称疾闲居，有消渴疾，因病免。

司马相如的文学成就主要表现在辞赋上。《汉书·艺文志》著录"司马相如赋二十九篇"，现存《子虚赋》《上林赋》《大人赋》《长门赋》《美人赋》《哀秦二世赋》6篇，另有《梨赋》《鱼葅赋》《梓山赋》3篇仅存篇名。收入《文选》的《子虚赋》《上林赋》是司马相如的代表作品。这两篇赋内容前后衔接，《史记》将它们视为一篇，称为《天子游猎赋》。《子虚赋》假托楚国子虚先生，在齐国乌有先生面前夸说楚国云梦泽之大和楚王畋猎之盛，乌有先生则批评他"不称楚王之德厚，而盛推云梦以为高，奢言淫乐而显侈靡"，但同时也把齐国的土地之广、物类之丰夸耀了一番。《上林赋》写亡是公一方面批评子虚和乌有"不务明君臣之义，正诸侯之礼，徒事争于游戏之乐，苑囿之大"；另一方面又在"君未睹夫巨丽"的名义下，把汉天子上林苑的富贵壮丽及天子射猎时的盛况大加铺陈夸说，以压倒齐楚，表明诸侯之事不足道。最后则以汉天子幡然悔悟，觉醒到"此大奢侈"，

"乃解酒罢猎"作结。作品的主旨在于歌颂大一统王朝的声威和气魄，同时对统治者的过分奢侈也做了委婉劝诫。但作品正如扬雄论赋所批评的那样，"靡丽之赋，劝百而讽一"（《汉书·司马相如传赞》）而已。在艺术表现方面，《子虚赋》《上林赋》两赋结体宏大，描写场面雄伟壮观，富有气魄。但过分夸奇炫博，内容比较空洞，且僻字连篇。他的《长门赋》《美人赋》《大人赋》《哀秦二世赋》均为骚体作品。其中《长门赋》比较有名，据叙中说，是为武帝陈皇后失宠而作。赋中写失宠女子的心理，委婉曲折，悲悽动人，是一篇别具风格的抒情小赋，对后代宫怨一类题材的诗歌有很大影响。但后世的研究者对作者和本事都提出过怀疑。

在作赋理论上，司马相如提出"合綦组以成文，列锦绣而为质"和"苞括宇宙，总览人物"（葛洪《西京杂记》所引）的主张，说明他在作赋时比较重视资料的广博、辞采的富丽，相对忽略思想性。尽管如此，他在赋史上仍有重要地位。他的《子虚赋》《上林赋》，为汉代铺张扬厉的散体大赋确立了比较成熟的形式，后来的一些描写帝都、宫苑、田猎、巡游的大赋，无不受其影响；而论规模、气魄，则难与相如之作齐肩。司马相如的文学创作活动，丰富了汉赋的题材和描写方法，使汉赋成为一代鸿文。

司马相如的《喻巴蜀檄》是他出使西南时为安抚巴蜀百姓而作。《难蜀父老》是一篇辩难文字，假托蜀父老非难"通西南夷"，而引出作者的正面意见，阐明"通西南夷"的重大意义。文章议论风发，说理透彻，也有一定文采，刘勰称后者"文晓而喻博，有移檄之骨焉"（《文心雕龙·檄移》）。它们对后世政论和告谕文体，也有一定影响。另外还有散文《上书谏猎》和《封禅文》。诗歌则仅存《琴歌》和《郊祀诗》。

《隋书·经籍志》有《司马相如集》1卷，已散佚。明人张溥辑有《司马文园集》，收入《汉魏六朝百三家集》。

东方朔

中国西汉辞赋家。字曼倩。平原厌次（今山东惠民）人。武帝即位，征四方士人，东方朔上书自荐，诏拜为郎。后任常侍郎、太中大夫等职。他性格诙谐，言辞敏捷，滑稽多智，常在武帝前谈笑取乐，"然时观察颜色，直言切谏"（《汉书·东方朔传》）。他曾言政治得失，陈农战强国之计，但武帝始终把他当俳优看待，不得重用，于是写《答客难》《非有先生论》，以陈志向和发抒自己的不满。《答客难》以主客问答形式，说生在汉武帝大一统时代，"贤不肖"没有什么区别，虽有才能也无从施展，"用之则为虎，不用则为鼠"，揭露了统治者对人才随意抑扬，并为自己鸣不平。此文语言疏朗，议论酣畅，刘勰称其"托古慰志，疏而有辨"（《文心雕龙·杂文》）。扬雄的《解嘲》、班固的《答宾戏》、张衡的《应间》等，都是模仿它的作品。《非有先生论》假托有一名为非有的先生在吴做官，三年"默然无言"。吴王问他，他趁机用历史上许多诤谏遇祸的故事启发吴王，劝喻帝王应虚心纳谏。篇中几个"谈何容易"，感慨万端，意味深长，是传神之笔。《汉书·艺文志》杂家有《东方朔》20篇，今佚。《神异经》《十洲记》等书，曾托东方朔名流传，实际非他所作。东方朔原有集2卷，久佚。明人张溥编有《东方太中集》，收入《汉魏六朝百三家集》中。

扬雄

西汉学者、辞赋家。姓氏"扬"，或作"杨"。字子云。蜀郡成都（今四川成都）人。少时好学，博览多识，酷好辞赋。口吃，不善言谈，而好深思。家贫，不慕富贵。40岁后，始游京师。大司马王音召为门下史，推荐为待诏。后经蜀人杨庄的引荐，被喜爱辞赋的成帝召入宫廷，侍从祭祀游猎，任给事黄门郎。他的官职一直很低微，历成、哀、平"三世不徙官"。王莽称帝后，扬雄校书于天禄阁。后受他人牵累，即将被捕，于是坠阁自杀，未死。后召为大夫。

扬雄一生悉心著述，除辞赋外，又仿《论语》作《法言》，仿《周易》作《太玄》，表述他对社会、政治、哲学等方面的思想，在思想史上有一定价值。另有语言学著作《方言》等。

在辞赋方面，他最服膺司马相如，"每作赋，常拟之以为式"（《汉书·扬雄传》）。他的《甘泉》《羽猎》诸赋，就是模拟司马相如《子虚》《上林》而写的，其内容为铺写天子祭祀之隆、苑囿之大、田猎之盛，结尾兼寓讽谏之意。其用辞构思，亦华丽壮阔，与司马相如赋相类，所以后世有"扬马"之称。扬雄赋写得比较有特点的是他自述情怀的几篇作品，如《解嘲》《逐贫赋》和《酒箴》等。《解嘲》写他不愿趋炎附势去做官，而自甘淡泊来写他的《太玄》。文中揭露了当时朝廷擅权、倾轧的黑暗局面："当涂者升青云，失路者委沟渠；且握权则为卿相，夕失势则为匹夫"；并对庸夫充斥、而奇才异行之士不能见容的状况深表愤慨："当今县令不请士，郡守不迎师，群卿不揖客，将相不俛眉。言奇者见疑，行殊者得辟。是以欲谈者卷舌而同声，欲步者拟足而投迹。"可见赋中寄寓了作者对社会现实的强烈不满。这篇赋虽受东方朔《答客难》影响，但纵横驰说，词锋锐利，在思想和艺术上仍表现出它的特点。《逐贫赋》是别具一格的小赋，写他惆怅失志，"呼贫与语"，质问贫何以老是跟着他。这篇赋发泄了他在贫困生活中的牢骚，多用四字句，构思新颖，笔调诙谐，却蕴含着一股深沉不平之气。《酒箴》是一篇咏物赋，内容是说水瓶朴质有用，反而易招损害；酒壶昏昏沉沉，倒"常为国器"，主旨也是抒发内心不平的。另外还仿效屈原楚辞，写有《反离骚》《广骚》和《畔牢愁》等作品。《反离骚》为凭吊屈原而作，对诗人遭遇

充满同情，但又用老、庄思想指责屈原"弃由、聃之所珍兮，蹠彭咸之所遗"，反映了作者明哲保身的思想，而未能正确地评价屈原。《广骚》《畔牢愁》今仅存篇目。

扬雄早期以辞赋闻名，晚年对辞赋的看法却有所转变。他评论辞赋创作是欲讽反劝，认为作赋乃是"童子雕虫篆刻"，"壮夫不为"。另外还提出"诗人之赋丽以则，辞人之赋丽以淫"的看法，把楚辞和汉赋的优劣得失区别开来（《法言·吾子》）。扬雄关于赋的评论，对赋的发展和后世对赋的评价有一定影响。扬雄在《法言》中还主张文学应当宗经、征圣，以儒家经书为典范。对于后来刘勰、韩愈的文论，颇有影响。

扬雄在散文方面也有一定的成就。如《谏不受单于朝书》便是一篇优秀的政论文，笔力劲练，语言朴茂，气势流畅，说理透辟。他的《法言》刻意模仿《论语》，在文学技巧上继承了先秦诸子的一些优点，语约义丰，对唐代古文家发生过积极影响，如韩愈"所敬者，司马迁、扬雄"（柳宗元《答韦珩示韩愈相推以文墨事书》）。此外，他是"连珠体"的创立人，自他之后，继作者甚多。

《隋书·经籍志》有《扬雄集》5卷，已散佚。明代张溥辑有《扬侍郎集》，收入《汉魏六朝百三家集》。

蔡邕

中国东汉辞赋家、散文家、书法家。字伯喈。陈留圉（今河南杞县）人。博学多识，擅长辞章，并精通音律。桓帝时，宦官专权，听说他善于鼓琴，于是奏请天子令陈留太守督促他入京。蔡邕行至偃师，称疾而归。灵帝时召拜郎中，校书于东观，迁议郎。熹平四年（175），曾上奏请求正定《六经》文字，蔡邕自写经文，刻碑石立于太学门外，世称《熹平石经》。后因弹劾宦官，被流放朔方。遇赦后，不敢归乡里，亡命于今江浙一带有 12 年之久。献帝时董卓强迫他出仕。董卓被诛，邕被捕死于狱中。

蔡邕曾著诗、赋、碑、诔、铭等共 104 篇。他的辞赋以《述行赋》最为知名。据赋序说，延熹二年秋，他被当权宦官强征赴都时，有感于宦官擅权，大兴宫苑，"人徒冻饿，不得其命者甚众"；又有感于当时朝中直言之士多遭惨死，心中愤愤不平，因此写了这篇赋，借途中所遇古迹，陈古刺今。赋中"穷变巧于台榭，民露处而寝湿。请嘉谷于禽兽兮，下糠秕而无粒"等句，表现了对人民疾苦的同情。在历来用于歌功颂德的汉赋中，这样的思想内容是难能可贵的。蔡邕的散文字句典雅，音节协谐，多用偶句，表现了汉末文风的转变。其中以碑志为多，《郭林宗碑》最有名，其余多为谀墓之作。又曾著《汉史》未成。另外，蔡邕书法精妙，尤工隶书，影响甚大。《隋书·经籍志》有《蔡邕集》12卷（梁 20 卷，录 1 卷），已散佚。明代张溥辑有《蔡中郎集》，收入《汉魏六朝百三家集》。

曹 植

中国三国时魏诗人。字子建，曹操之妻卞氏所生第三子。

生平　曹植自幼颖慧，年十岁余便诵读诗、文、辞赋数十万言，出言为论，下笔成章，深得曹操的宠爱，曾经认为曹植在诸子中"最可定大事"，几次想要立他为太子。然而曹植行为放任，屡犯法禁，引起曹操震怒，而其兄曹丕颇能矫情自饰，终于在立储斗争中渐占上风，并于建安二十二年（217）得立为太子。

建安二十五年，曹操病逝，曹丕继魏王位，不久又称帝，曹植的

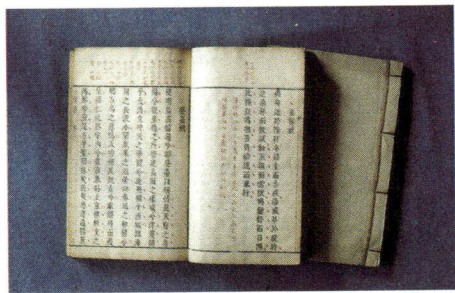

《曹子建集》

023

生活从此发生了根本性的改变。他从一个过着优游宴乐生活的贵公子，变成处处受限制和打击的对象。黄初七年（226），曹丕病逝，曹叡继位后，他待遇稍有改善，处境并没有根本好转。曹植曾多次上书，要求得到任用，但曹叡只是"优文答报"，略无采纳之意。曹植在文、明二世的 12 年中，曾被迁封过多次，最后的封地在陈郡，卒谥思，故后人称之为"陈王"或"陈思王"。

曹植一生勤于著述，他曾自述"余少而好赋"，"所著繁多"（《前录自序》）。他的诗、赋、文，不论量与质，都堪称当时之冠。

诗歌 曹植文学活动的主要领域，前期与后期内容上有很大的差异。前期诗歌可分为两大类：一类表现他贵介公子的优游生活，一类则反映他"生乎乱、长乎军"的时代感受。前一类作品如《斗鸡》《公宴》《侍太子坐》等，描写游乐宴享之事。后一类作品有《泰山梁甫行》《送应氏》等。《送应氏》两首，送别好友应瑒场，诗中着重写了东汉皇都洛阳在战乱以后"垣墙皆顿

擗，荆棘上参天"的残破荒凉景象以及诗人所受的内心刺激。诗中写到"中野何萧条，千里无人烟"，与曹操"白骨露于野，千里无鸡鸣"（《蒿里行》）、王粲"出门无所见，白骨蔽平原"（《七哀》之一）等描写有异曲同工之妙。

后期诗歌主要抒发他在受压制之下时而愤慨时而哀怨的心情，表现他不甘被弃置，希冀用世立功的愿望。代表作有《野田黄雀行》《赠白马王彪》《七哀诗》《怨歌行》《杂诗》六首等。《赠白马王彪》作于黄初四年，诗中悲悼暴死于洛阳的兄长曹彰，痛别白马王曹彪，哀叹自身遭际多艰，处境危殆，情绪深挚感人。《七哀诗》使用以夫妇比君臣的手法，诉说自己被长时间弃置勿用的愁思。

今存曹植比较完整的诗歌有 80 余首，其中乐府诗体占一半稍多。这表明诗人与他的父亲曹操、兄长曹丕一样，也很重视从汉乐府民歌中汲取创作养料。

曹植在诗歌特别是五言诗的创作方面贡献甚大。首先，汉乐府古辞多以叙事为主，至《古诗十九

首》，抒情成分才在作品中占重要地位。曹植发展了这种趋向，把抒情和叙事有机地结合起来，使五言诗既能描写复杂的事态变化，又能表达曲折的心理感受，大大丰富了它的艺术功能。《赠白马王彪》就是出色的一例。其次，曹植在诗歌语言的提炼和修饰上，是远胜于汉乐府古辞及《古诗》的。例如他的《美女篇》，描写手法比《陌上桑》更加工细，辞藻更加华丽。由于刻意提炼的结果，曹植诗中有不少精彩的警句，曹植大量运用比兴手法而又加以创新，增强了诗歌表现力。

关于曹植诗歌总的艺术风格，钟嵘曾指出其"骨气奇高，词采华茂，情兼雅怨，体被文质"（《诗品》上），这是比较全面的评价。在中国诗歌史上，他被视为五言诗的一代宗匠，诚如钟嵘所说的"粲溢今古，卓尔不群"。

赋　今存40余篇，数量在汉魏作者中列第一。曹植的赋有三个特点，一是取材相当广泛，朝着日常化、生活化方向拓展。二是小型化，他似乎一篇大赋也没有写过，今存作品全是形制较短的小赋，一般只有几百字，最长的《洛神赋》也不过千字左右。三是抒情化，无论记事或者咏物，他都摒弃了汉赋铺排堆砌的传统，而是渗透进强烈的主观情感。

曹植最出色的赋有《洛神赋》《鹞雀赋》《蝙蝠赋》等。《洛神赋》作于黄初年间，它以传说中的洛水之神宓妃为题材，借鉴了宋玉《神女赋》的写法，刻画了一位美丽多情的女子，表达了作者对她的爱慕以及因神人殊隔不能交接的惆怅，寄寓作者理想人生境界的破灭。对这一文学史上的名篇，过去曾有"感甄"的说法，即认为此赋是曹植思念甄氏（曹丕之妻）而作，后来一些研究者多已指出其妄。《鹞雀赋》用拟人手法，写鹞与雀的故事，表现了对被欺压的弱小者的同情。此赋的写法是寓言式的，在赋史上很特异，而且它通篇是四言句，很像是一篇四言叙事诗。

文　包括颂赞、铭诔、碑文、哀辞、章表、令、书、序、论、杂说等多种体裁，今存较完整者近百篇。其中著名的有前期写的《与杨

德祖书》《与吴季重书》《辨道论》《王仲宣诔》和后期写的《求自试表》《求通亲亲表》《令禽恶鸟论》《藉田说》《髑髅说》等。《与杨德祖书》是研究曹植文艺思想的重要材料。《辨道论》一文，阐述了对神仙之事的观点，表现了朴素的唯物思想。《求自试表》《求通亲亲表》，都作于明帝太和年间，表文写得慷慨激昂，情绪强烈，几乎是声泪俱下。《藉田说》用种植原理来比拟治国之方，反映了他的用世之心和政治理想。《髑髅说》以"曹子"同髑髅的对话结构全篇，宣传存亡异势，死生必均的道理。全文学《庄子》写法，在《曹植集》中别具一格。总的来看，曹植的文同样也具有"情兼雅怨，体被文质"的特色。

曹植作为建安文学的集大成者，在两晋南北朝时期，他被推尊到文章典范的地位。钟嵘《诗品》中的说法是有一定代表性的："陈思之于文章也，譬人伦之有周孔、鳞羽之有龙凤、音乐之有琴笙、女工之有黼黻。"刘勰也认为他的诗歌臻于"兼善"境地。曹植生前自编过作品选集《前录》78篇。《隋书·经籍志》著录有集30卷，又《列女传颂》1卷、《画赞》5卷。今存南宋嘉定六年刻本《曹子建集》10卷，辑录诗、赋、文共206篇。清代丁晏《曹集铨评》、朱绪曾《曹集考异》，增补了不少佚文剩句，为较全、较精的两个本子。今人赵幼文有《曹植集校注》。

阮 籍

中国三国时期魏诗人。建安七子之一阮瑀之子。字嗣宗，陈留尉氏（今属河南）人。幼年丧父，家境清苦，勤学而成才。曾登广武城，观楚、汉古战场，慨叹"时无英雄，使竖子成名"！当时明帝曹叡已亡，由曹爽、司马懿夹辅曹芳，二人明争暗斗，政局十分险恶。正始十年（249），曹爽被司马懿所杀，司马氏独专朝政。阮籍对司马氏集团怀有不满，但同时又感到世事已不可为，于是他采取不涉是非、明哲保身的态度，发言玄远、口不臧否人物。司马昭不得不说"阮嗣宗至慎"。阮籍迫于司马氏的淫威，先后做过司马氏父子3人的从事中郎，当过散骑常侍、步兵校尉等，因此后人称之为"阮步兵"。他还被迫为司马昭自封晋公、备九锡写过"劝进文"。阮籍也是魏晋玄学中的重要人物。不过阮籍并非纯宗道家，他对儒学也并不一概排斥，如他在《乐论》一文中就充分肯定孔子制礼作乐对于"移风易俗"的必要性，认为"礼定其象，乐平其心，礼治其外，乐化其内，礼乐正而天下平"。

阮籍今存赋6篇、较完整的文9篇、诗80余首。他的赋都是短篇小赋，《首阳山赋》颂赞了伯夷、叔齐重视名节、清虚自守的精神。《鸠赋》以鸠被犬所害为题材，寄寓了作者自身在现实生活中的惧祸心情。《猕猴赋》则以猕猴作为鹄的，批判了社会上的势利小人，此赋明显带有讽刺"礼法之士"的意味。

阮籍的论说文阐述其哲学观念，如《通老论》《达庄论》《通易论》《乐论》等。这些论说文都是采用"答客问"的辩难式写法，主人公则是"阮子""阮先生"或"先生"，从中可以看到作者为自己塑造的玄学家形象。《大人先生传》中"大人"即仙人，用司马相如《大人赋》意。文章一方面阐发了越名教而任自然的旨趣，一方面也对世俗庸人进行了讥讽，特别是第一段与"君子"的对话，思想锋芒之锐利，在阮籍著作中仅见。"虱处裈中"这一寓言故事形象生动、寓理深刻，显然是受了《庄子》文风的影响，强烈表达了对"礼法君子"的憎恶。

阮籍的《咏怀诗》82首代表了他的主要文学成就。这些诗的具体写作时间及背景已难确考，一般认为它们不是一时之作，而是包括了平生不同时期的作品，总题为"咏怀"。《咏怀诗》全都是抒情述怀作品。由阮籍所处特殊的政治环境以及他独特的性格和处世态度所决定，内容上以感叹身世为主，也包含讥刺时事的成分，在表现方式上则颇为曲折隐晦。《咏怀诗》中的

身世之感，一是自述生平经历及理想志向，二是表现惧祸忧生心情。这两方面有时分写，有时合说，并无定规。"讥刺时事"是阮籍诗中相当"隐避"因而颇难坐实的内容。前人曾在这方面下过很多钩稽考索的工夫，所说纷纭而大部分还难下定论。只有少部分篇章，能够体味出确有涉于时事，或者蕴涵着对时局的某种看法，如第 31 首"驾言发魏都"、第 67 首"洪生资制度"等。

《咏怀诗》在艺术上具有很大魅力，风格浑朴、洒脱、含蓄。形成这种风格的原因是，诗人在写作时不去刻意雕琢锻炼，而是凭着自己的感情驱遣才力，自然成文。这就是刘勰所说的"阮籍使气以命诗"（《文心雕龙·才略》）。另外，这种风格的形成，与描写上的不拘执实事、多用比兴也有关系。阮籍诗中的比兴运用极为普遍，几乎无篇不比兴。比兴的素材很广泛，丰富瑰异的比兴使诗篇呈现出一种才藻艳逸的风貌。又由于阮诗的比兴在意念上往往不是很切近的，而是比较悠远、旷放，给读者以较为宽广的联想余地，这就增强了诗篇"言在耳目之内，情寄八荒之表"（钟嵘《诗品》上）的含蓄效果。

阮籍著作，《隋书·经籍志》著录有集 13 卷。明代张溥辑《阮步兵集》，收入《汉魏六朝百三家集》中。上海古籍出版社 1978 年整理出版了《阮籍集》。

嵇 康

中国三国时曹魏文学家。竹林七贤之一。字叔夜。谯国铚县（今安徽濉溪西南）人。早年丧父，家境贫困，但仍励志勤学，文学、玄学、音乐等无不博通。他娶曹操曾孙女长乐亭主为妻。曾任中散大夫，史称"嵇中散"。嵇康在当时的政争中倾向皇室一边，对于司马氏采取不合作态度，因此颇招忌恨，后被借故杀害。

嵇康身当魏末玄学兴盛时期，是其中重要人物之一。他服膺老、庄，称"老子、庄周，吾之师也"（《与山巨源绝交书》），曾著《养生论》，强调"修性以保神，安心以全身"等精神上的自我修养功夫。认为神仙禀之自然，非修炼所能致，然而如导养得法，常人也能够长寿，与流行的服食飞升神仙之说有所不同。嵇康在文章里主张"心无措乎是非"（《释私论》），行动上却是"刚肠疾恶，轻肆直言，遇事便发"。嵇康的这种性格，表现为他对名教、礼法的批判。当时司马氏集团为了维护自己的政权，大力标榜提倡礼法，用所谓"人伦有理、朝廷有法"来羁縻一些士子。嵇康则在一系列文章中强调道家的"自然"，揭露礼法和"礼法之士"的虚伪本质。嵇康"每非汤、武而薄周、孔"，这种非毁先王的作法，实际上是要否定"今王"——司马氏。

嵇康的文学创作，主要是诗歌和散文。他的诗今存50余首，以四言体为多，占一半以上。代表作有《赠秀才入军》18首以及《幽愤诗》。《赠秀才入军》为赠其兄嵇喜之作。诗中写对从军远征兄长的思念，表现了兄弟间的动人情谊，亲切感人。诗中大量使用比兴手法来渲染浓郁的别离气氛，显示了嵇康四言诗所受《诗经》的影响。《幽愤诗》作于系狱临终之前。诗中回顾自幼至长的经历，叙述自己"托好老、庄，贱物贵身"的思想及其形成原因，认为自己终致囹圄，是由于性格"顽疏"，招来了谤议。在写法上，它采取了回环往复的多层次结构，强调了诗人愧恝的心情和守朴全真的志向，充分表达了他内心的郁闷愤懑。

嵇康往往在诗中抒发他强烈的愤世嫉俗心情，因此他的一些作品写得比较直露，语含讥刺，锋芒毕现，表现出清峻警峭的特点。而他的另一些诗作夹有谈玄的成分，如"俯仰自得，游心太玄，嘉彼钓叟，得鱼忘筌"之类。嵇康文的成就超过诗歌。他的论说文、书信、传记写得都好。论说文今存9篇，多为长篇，以《养生论》《声无哀乐论》等最为著名。这些文章多阐弘他的哲学、政治、伦理思想，文章的共同特色是"师心以遣论"（《文心雕龙·才略》），即敢于提出问题，大胆发表自己的见解，文风犀

利，含有对传统名教观念的挑战。书信今存2篇，即《与山巨源绝交书》《与吕长悌绝交书》。前篇列述自己有"必不堪者七""甚不可者二"，述说自己性格刚直，脾气怪僻，与"俗人"即礼法之士不合。此书泼辣而洒脱，向被认为是嵇康文的代表作。后篇大义凛然地斥责吕巽行为污秽，而且包藏祸心，愤怒声明与之绝交。嵇康曾著《圣贤高士传》。书中所写人物，自混沌至管宁，凡119人。今仅存52传、5赞。传文颇简练有文采，如《井丹》，通过对两件事实的扼要介绍，比较生动地写出传主高洁性格，堪称是一篇优秀传记文学作品。又如《被裘公》《汉阴丈人》《蒋诩》等传，也是较好篇章。

嵇康著作，《隋书·经籍志》著录有集13卷，又别有15卷本。宋代原集散失。1924年，鲁迅辑校《嵇康集》，1938年收入《鲁迅全集》第9卷中。戴明扬校注的《嵇康集》1962年由人民文学出版社出版，此书除校、注外，还收集了有关嵇康的事迹、评论材料。

陆 机

中国西晋文学家。字士衡。吴郡吴县华亭（今上海松江）人。祖陆逊为吴丞相，父陆抗吴大司马。年二十吴灭，与其弟陆云退居旧里，闭门勤读。太康十年（289），陆机与陆云来到洛阳，为张华所爱重。当时贾谧当权，开阁延宾，一时文士辐辏其门，号"二十四友"，陆氏兄弟亦入其列。历任国子祭酒、太子洗马、著作郎等职。赵王司马伦专擅朝政，以陆机为相国参军。次年为中书郎。后入成都王幕，参大将军军事，又表为平原内史。太安二年（303），成都王司马颖举兵伐长沙王，以陆机为前将军前锋都督。兵败，为怨家所谮，被杀，夷三族。

陆机是西晋太康、元康间最负声誉的文学家，被后人誉为"太康之英"。就其创作实践而言，他的诗歌"才高词赡，举体华美"（钟嵘《诗品》），注重艺术形式技巧，代表了太康文学的主要倾向；就其文学理论而言，他的《文赋》是中国文学理论发展史上第一篇系统的创作论，对后世的文学创作和理论发展产生了重要影响。

陆机流传下来的诗，近半数是乐府诗和拟古诗。这类作品中有不少是敷衍旧题、摹拟前人之作，与古诗词旨无殊，达到了"思无越畔，语无溢幅"的程度；其失在于缺乏个人情感的抒写，所以被后人讥为"束身奉古，亦步亦趋"（陈祚明《采菽堂古诗选》）。不过，其中也不乏寄兴颇深的作品。如《君子行》反映了诗人对政治环境的复杂和人生祸福无常的体会。《长安有狭邪行》及《长歌行》都反映了诗人强烈的政治追求和仕途蹭蹬、大志不遂的苦闷心情。除乐府之外，陆机还有为数不多的纪行诗和亲朋赠答诗，情感真挚，较少雕饰，艺术成就较高。如《赴洛道中作》二首抒发去国离乡的悲苦心情，极为凄楚动人，是陆机五言诗的代表作。又如他的四言诗《赠弟士龙》写邦家颠覆、亲故丧亡，极

其沉痛。此外，个别诗篇中也不乏优美的意境和佳句，所以东晋孙绰说："陆文如排沙简金，往往见宝。"（《世说新语·文学》篇）

在艺术风格上，陆机诗的主要特点是讲求形式的华美整饬，以其深厚的学力、繁缛的辞藻、纯熟的技巧，表现一种雍容华贵之美。这种艺术追求，极大地影响了西晋诗坛的艺术倾向，形成"采缛于正始，力柔于建安"（《文心雕龙·明诗》）的局面。陆机诗虽然以辞藻典雅见长，但因着意避俗，刻炼太过，见出斧凿之痕，反伤自然之美。这是陆诗的主要缺点，即使是他的名篇《赴洛道中作》也不免于此病。再则，陆诗大量运用对偶句式，有的几乎通篇对偶，"开出排偶一家"（沈德潜《古诗源》），虽然工整圆稳，却无空灵矫健之气，流于孱弱呆滞。另外，陆诗过于追求辞藻富赡，失于裁剪，导致繁芜之累。所以孙绰称"陆文深而芜"。

陆机的赋今存27篇，或感时节之代谢，或悲故旧之丧亡，或抒思乡之情愫，大多篇幅短小，文笔清灵。如《叹逝赋》把亲故凋零的

哀伤写得回环往复，曲折情深。陆机的赋中最有名的是《文赋》。这是文学史上最早采用"赋"的体裁而写成的文学理论著作。其中既总结了以前作家的经验，也融合了陆机本人创作的甘苦和体会，其中不少见解颇有价值。

陆机的文，思想内容比诗、赋更为充实，时有峭健之笔。其中著名的有《辨亡论》，论东吴兴亡之由，归于能否得人，议论滔滔，笔势流畅，可称为西晋论文中最为博大的篇什。《吊魏武帝文》是看到曹操遗令有感而作，文中肯定了曹操的事功，又对这位叱咤风云的豪杰在死亡面前不能摆脱对家庭琐务的牵挂之情而暗含讥刺，文笔时而峭拔豪放，时而委婉细腻。陆机还有《演连珠》50首，每首8句，以自然界或人类社会某种现象为喻，经过推衍阐发，再关合到政治与人生中的某种道理。运思巧妙，说理精深，辞丽言约，气韵圆转，有流丸之妙。另外，他的《豪士赋序》讽刺齐王司马囧矜功自伐、受爵不让，比起汉魏文章来，句式更为整饬，声律更为谐美，典故更为

繁密。陆机是骈文的奠基者。像上面提到的《叹逝赋序》《豪士赋序》《吊魏武帝文》等，以情带理，是西晋骈体文的典型。

陆机的才能是多方面的。除文学创作外，他在史学、艺术方面也多所建树。在史学上，曾著《晋纪》4卷、《吴书》（未完成）、《洛阳记》1卷等，多已佚。他还是著名的书法家，所写的章草《平复帖》流传至今，是书法中的珍品。另外，据唐代张彦远《历代名画记》，陆机还著有画论。

据《晋书·陆机传》载，陆机所作诗、赋、文章，共300多篇，今存诗107首，文127篇（包括残篇）。原集久佚。南宋徐民瞻得遗文10卷，与陆云集合刻为《晋二俊文集》，明代陆无大据以翻刻，即今通行之《陆士衡集》。明代人张溥所辑《汉魏六朝百三家集》有《陆平原集》。

陶渊明

中国东晋末南朝宋初诗人。名潜，字渊明。或说一名渊明，字元亮。自号五柳先生。私谥靖节。浔阳柴桑（今江西九江附近）人。东晋大司马陶侃曾孙。

生平和思想　陶渊明生于一个没落的仕宦家庭。曾祖父陶侃是东晋开国元勋，官至大司马，封长沙郡公。祖父做过太守。父亲早死，陶渊明少年生活贫困，但家庭教育良好。晋孝武帝太元十八年（393）29 岁时入仕为江州祭酒。因不堪吏职，不久即解职归里。后来召为江州主簿，未到任。晋安帝隆安四年（400），入荆州刺史兼江州刺史桓玄幕。《辛丑岁七月赴假还江陵夜行涂口》中说："诗书敦夙好，林园无世情。如何舍此去，遥遥至西荆！"表达了他归隐的想法。元兴二年（403）冬，因母亲孟氏病卒，遂归浔阳居丧。后入刘裕幕为镇军参军，赴任途中写有《始作镇军参军经曲阿作》。义熙元年（405），转入刘敬宣幕为建威参军。是年 8 月，请求改任彭泽县令。在官 80 余日，11 月就辞官归隐了。

关于这次辞官的原因，《宋书》本传记载说，郡遣督邮至，县吏告诉他说，应束带见之。陶渊明叹道："我不能为五斗米折腰向乡里小人！"当日即解印绶辞职归里。作《归去来兮辞》，说是"质性自然，非矫励所得；饥冻虽切，违己交病"，于是趁"迷途其未远"，归耕田园。归田后作《归园田居》5 首，写其"久在樊笼里，复得返自然"的愉快心情。陶渊明此次归隐，再也没有出仕，义熙四年（408）他家遭火灾，家境渐渐衰落。义熙七年后，陶渊明移居南村，作有《移居》2 首。隐居后，陶渊明性情颇为恬淡，有时自己耕种土地，所谓"晨兴理荒秽，带月荷锄归"（《归园田居》之三）。与他往来的文人也有不少，他们在一起"奇文共欣赏，疑义相与析"。

晚年的陶渊明愈加贫困，但却不愿出仕。义熙十四年（418），朝

廷征召为著作郎，不就。刘裕篡晋建立宋朝，陶渊明更厌倦了政治，此时所写《述酒》诗，隐晦地表达了他对新朝的态度。宋文帝元嘉三年（426），江州刺史檀道济往见渊明，劝他出仕，又馈以粱肉，渊明麾而去之。元嘉四年（427），渊明病情加剧，作《挽歌诗》3首，其第3首末句说："死去何所道，托体同山阿。"表达了他对死亡的平静态度。此年11月，渊明病卒，年63。

陶渊明的作品，在他生前流传不广。梁萧统加以搜集整理，编了《陶渊明集》，并为之写序、作传。萧统所编陶集虽然已经佚失，但此后的陶集都是在此基础上重编而成的。陶渊明的作品今存诗125首，赋、文、赞、述等12篇，另有一些作品的真伪不能肯定。

陶渊明是中国伟大的诗人，他的思想也较复杂。有的说他是儒家，有的说是道家，也有的说他有佛学思想，都是从其诗中摘些片段以为依据。陶渊明对儒家经典的熟习是显而易见的，他的诗文中引用儒家经典很多，仅《论语》就有37处。他在《饮酒》诗中说："少年罕人事，游好在六经。"表明了他的儒学渊源。不过，陶渊明不像汉儒那样拘泥、局促，明显受到道家思想的影响。东晋以后，玄风弥漫，士人无不以清谈为务，玄学思想影响深远，陶渊明也不例外。他对自然和社会的态度，对待生活的态度，都鲜明地表现了这一点。在处理人与外物间的关系上，陶渊明完全采取纯任自然的态度。

诗歌创作　陶渊明的诗歌成就主要表现在田园诗写作上。以田园题材入诗，是陶渊明对诗歌写作的重要贡献。田园的审美特质与山水不同，山水有重岩叠嶂、飞瀑流泉，风景奇异，变化多端。而田园平淡无奇，自然静穆。陶渊明发现并欣赏这种自然之美，这与当时的士大夫全力关注山水迥异其趣。出现在陶渊明诗歌中的田园风光，是草屋、榆柳、桃李、蓬麻豆麦、村墟炊烟和鸡鸣狗吠，在陶渊明看来，这些都是亲切感人、富于美感的事物。此外，农村中独有的和谐自然的亲情，也让他感慨不已，与陶渊明视作"樊笼"的官场相对立。陶渊明还亲身参加劳动，劳动中的苦辛和喜悦都如实地记录在他的诗歌里。如在《归园田居》其三中写道："种豆南山下，草盛豆苗稀。晨兴理荒秽，带月荷锄归。道狭草木长，夕露沾我衣。衣沾不足惜，但使愿无违。"他很高兴地写出自己初次参加劳动却拙于农事的情形，发自内心的愉悦非常真诚。陶渊明是第一个将农事题材引入诗歌领域的诗人，也是第一个发现了田园风光之美的诗人，在中国文学史、思想史上都具有重要的地位。

除了田园题材以外，陶渊明也有咏怀、咏史、朋友赠答、行役、哲理等题材，如《杂诗》12首、《饮酒》20首、《读山海经》13首、《形影神》等。在这些诗歌中，陶渊明表达了他对时事的感慨，及自己往昔空怀壮志时的不平静心态。严格地说，这些诗歌仍然与他的田园生活相关联。他在《杂诗》其二中写道："白日沦西阿，素月出东岭。遥遥万里辉，荡荡空中景。风来入房户，夜中枕席冷。气变悟时易，不眠知夕永。欲言无余和，挥杯劝孤影。日月掷人去，有志不获

骋。念此怀悲凄，终晓不能静。"这首诗让人更全面地了解了归隐后的陶渊明。《始作镇军参军经曲阿作》《庚子岁五月中从都还阻风于规林》2首、《辛丑岁七月赴假还江陵夜行涂口》《乙巳岁三月为建威参军使都经钱溪》等，表达了对宦游的厌倦和对田园的思念。从这些诗中可以看到陶渊明在为宦期间对归隐的向往，他说："诗书敦夙好，林园无世情。如何舍此去，遥遥至西荆。"赠答诗是魏晋南北朝时期主要的诗题，陶渊明也写有不少，表现了诗人对朋友和亲人深厚的友谊。如《怨诗楚调示庞主簿邓治中》《答庞参军》《和郭主簿》《与殷晋安别》《赠羊长史》等。诗人或写友情，或写自己归田的感受，或抒发一点感慨，都发于肺腑，流纯至之情。陶渊明的哲理诗不像玄言诗那样充满玄理，而是温润感人，有如家常。如《形影神》《连雨独饮》《拟挽歌辞》等，述说他对人生的体会，亲切和悦，意味深远。

陶渊明诗歌的艺术成就可以用"自然""平淡"来概括，这与

陶渊明的人格和审美理想是紧密相关的。天然淳朴的审美理想、正直率真的人格和田园题材的选择，构成了平淡自然的风格。陶渊明善于在不经意中勾勒出事物的形态。如"鸟哢欢新节，泠风送馀善"(《癸卯岁始春怀古田舍》其一)、"暖暖远人村，依依墟里烟"(《归园田居》其一)等，笔致轻闲而意态丰满，田园景物的形象自然真切，韵味无穷。

与白描的景物描写相符，陶渊明诗歌语言平淡、质朴，很难找到惊人之语，而质朴如田家口语。如《移居》其二："春秋多佳日，登高赋新诗。过门更相呼，有酒斟酌之。农务各自归，闲暇辄相思。相思则披衣，言笑无厌时。此理将不胜，无为忽去兹。衣食当须纪，力耕不吾欺。"诗歌的语言朴素无华，与生活口语极为接近，但读来亲切悦耳，趣味盎然，这又是与口语的区别处。

陶渊明的平淡自然，还表现在不重诗歌的发端和警句，这也是与时代风尚不同的。他常常于不经意的平淡中推出诗篇，如"种豆南山下，草盛豆苗稀"(《归园田居》其三)，发端自然、随意，淡化了诗歌与读者间的界限。陶渊明不追求警句效果，只是以篇章的完整、意境的浑然天成形成自己的特色。

散文与辞赋创作 陶渊明在文学史上的地位和影响，也有赖于他的散文和辞赋。特别是《五柳先生传》《桃花源记》和《归去来兮辞》，这3篇最见其性情和思想。

《五柳先生传》只有120多字的本文和40多字的赞语，却为自己留下一篇神情毕现的传记。《晋书·陶潜传》曰："潜少有高趣，尝著《五柳先生传》以自况。……时人谓之实录。"陶渊明的《五柳先生传》取正史纪传体的形式，但不重在叙述生平事迹，而重在表现生活情趣，带有自叙情怀的特点，这种写法是陶渊明的首创。

《归去来兮辞》是一篇脱离仕途回归田园的宣言。文中所写归途的情景、抵家后与家人团聚的情景、来年春天耕种的情景，都是想象之词，于逼真的想象中更可看出诗人对自由的向往。文中不乏华彩的段落、跌宕的节奏、舒畅的声吻，将诗人欣喜欲狂的情状呈现于读者面前。欧阳修说："晋无文章，惟陶渊明《归去来兮辞》一篇而已。"（元李公焕《笺注陶渊明集》卷五引）虽未必是严谨的评论，但此文之高妙实在是无与伦比的。

《桃花源记》的故事和其他仙境故事有相似之处：一个偶然的契机；一个尽善尽美的世外仙界；只能偶一敞开而不可重复，更不可有意寻到。特殊之处却在于：在那里生活着的是普普通通的人，一群避难的人，而不是神仙，只是比世人多保留了天性的真淳而已；他们的和平、宁静、幸福，都是通过自己的劳动取得的。古代的许多仙话，描绘的是长生和财宝，桃花源里既没有长生也没有财宝，而是一片躬耕的景象。陶渊明归隐之初想到的还只是个人的进退清浊，写《桃花源记》时已经不限于个人，而想到整个社会的出路和广大人民的幸福。陶渊明迈出这一步与多年的躬耕和贫困的生活体验有关。虽然桃花源只是空想，仍然是十分可贵的。

影响 陶渊明的艺术成就在南朝时并没有被充分认识，晋末宋初的文人很少提及他。沈约在齐代写作的《宋书》将他置入《隐逸传》，但对其诗歌成就不加评论。直到萧梁时，钟嵘《诗品》才对他有较高评价，说是"文体省净，殆无长语。笃意真古，辞兴婉惬"，但因

《归去来兮辞图卷之一·问征夫以前路》（明代马轼）

"世叹其质直"而置于中品。萧统是第一个充分认识陶渊明艺术成就的人，他不但亲自为陶渊明编集、写序，还为其作传一篇。《文选》收录陶渊明诗8首，文1篇，对陶渊明的艺术成就评价说："其文章不群。辞采精拔，跌宕昭彰，独超众类。抑扬爽朗，莫之与京。横素波而傍流，干青云而直上。语时事则指而可想，论怀抱则旷而且真。"（《陶渊明集序》）至于唐代，陶渊明诗歌的价值逐渐被发现，受到极大的推崇。大诗人李白、杜甫、白居易、韩愈等都表示了对陶渊明的尊崇。以王维、孟浩然为代表的山水田园诗派，更是在陶诗的影响下产生的。至于宋代，陶渊明的地位更加提高，苏轼曾专作《和陶诗》109首。同时，宋人开始对陶渊明展开研究，替陶渊明作年谱，研究陶渊明的生平。从此以后，陶渊明地位愈来愈高，他在文学史和思想史上的价值也越来越被更多的人认识。

谢灵运

中国晋宋间诗人。祖籍陈郡阳夏（今河南太康）。生于会稽始宁（今浙江上虞南），卒于广州。出生不久就寄养在钱塘杜家，所以小名曰客儿，后世又称之为谢客。晋安帝义熙元年（405），谢灵运出仕为琅邪王司马德文的大司马行参军。次年，豫州刺史刘毅移镇姑孰（今安徽当涂），以谢灵运为记室参军。义熙九年，刘毅兵败自杀。但刘裕对谢氏家族仍然采取优容拉拢的态度，以谢灵运为太尉参军。义熙十二年，谢灵运又为骠骑将军刘道怜的咨议参军，转中书侍郎。永初元年（420），刘裕代晋自立，国号宋，封谢灵运为康乐侯，又任命他为散骑常侍、太子左卫率。永初三年，他出为永嘉太守，在郡不理政务，纵情山水。一年后，称疾辞官。元嘉三年（426），征谢灵运为秘书监，入京。不久，谢灵运又辞官归始宁，和谢惠连、何长瑜等往来吟咏。元嘉八年，宋文帝又让他出任临川内史。不久，被人以叛逆罪弹劾，流徙广州。元嘉十年，在广州被杀。

《隋书·经籍志》所录谢灵运著作，除《晋书》外，尚有《谢灵运集》等14种。但有的恐只是分合繁简之别，有的是谢灵运辑抄前人的诗赋集。《谢灵运集》19卷（梁20卷，录1卷）北宋以后就已散佚。明代李献吉等从《文选》《乐府诗集》及类书中辑出谢灵运的作品，刻为《谢康乐集》。张溥的《汉魏六朝百三家集》中有《谢康乐集》2卷。严可均的《全上古三代秦汉三国六朝文》、逯钦立的《先秦汉魏晋南北朝诗》均有辑录。从现存作品看，谢灵运的主要创作活动在刘宋时代，主要成就在于山水诗。由他开始，山水诗乃成为中国文学史上的一个流派。鲍照说："谢五言如初发芙蓉，自然可爱。"（《南史·颜延之传》）汤惠休说："谢诗如芙蓉出水。"（《诗品》中）两位和谢灵运同时代的诗人使用的同一比喻，说明了谢诗鲜丽清新的特

点。谢灵运在写景的同时并没有忘记写情。《登池上楼》之所以受到历代读者的赞赏，不仅是因为"池塘生春草"这一猝然偶得的名句，而且是由于通篇的情景交融，不同的景物只是诗人情绪变化的背景。《过白岸亭》"近涧涓密石，远山映疏木。空翠强难名，渔钓易为曲"等句，把老庄哲学化入山水景色之中，由景涉理，进而引起荣悴穷通的感慨。谢灵运诗中时时可以见到佳句，但通篇完整的作品不很多。他登山临水"寓目辄书"（《诗品》），自然难于有许多精致工巧的名句，因而常常借助于汉赋铺陈排比的手法，填塞一些典故完篇，而致力于追求新奇，也易流于艰涩险怪。同时，谢灵运本人还没有摆脱玄言诗的消极影响。他兼通玄佛，有的诗篇固然能够做到寓理于情、寓情于景，但也有不少作品的结尾往往游离于情景之外，类似说教，沉闷乏味。谢灵运诗篇中反映的生活面比较狭窄，其中虽有一些对时政的不满，但多是个人的哀怨。不过，也可以从中了解当时士大夫的精神面貌。更为重要的是，谢灵运的文学

创作活动促使了玄言诗向山水诗的转变。他那刻意追新的艺术实践，为后来者提供了有益的经验，唐代的李、杜、王、孟、韦、柳诸大家，都曾从谢诗中汲取过营养。

谢灵运的文，成就不能和诗相提并论。最著名的是《山居赋》，谢灵运自己有注，《宋书·谢灵运传》录其全文。从文学的角度看，价值并不很高，只是其中对始宁别墅的详细描写，可以作为今天研究东晋庄园制度的重要资料。《岭表赋》《山居赋》中有一些景物的刻画；《江妃赋》中对神女的描写，则颇有匠心独运之处。谢灵运早岁信道，转而奉佛，与名僧慧远相往还。元嘉间辞官归始宁，又广结僧徒，精研佛理。他著名的哲学论文《辩宗论》阐述顿悟，试图折中儒释。他曾经注释过《金刚般若经》，又曾和僧人慧严、慧观等共同润饰昙无谶译的《大般涅槃经》，还曾著有《十四音训叙》等文。此外，谢灵运还具有多方面的才能，除诗文创作以外，还兼通史学，工于书法。元嘉间，曾奉诏撰《晋书》，《全上古三代秦汉三国六朝文》据《文选》《太平御览》等辑有佚文。

鲍　照

中国南朝宋文学家。字明远。本籍东海（治所在今山东郯城）；一说上党（今山西长治一带），可能指他的祖籍。他早年大约生活于京口（今江苏镇江）。宋文帝元嘉十六年（439），他年约20岁，谒见宋临川王刘义庆。贡诗言志，得到赏识，被任为临川国侍郎，随刘义庆赴江州。刘任南兖州刺史，他亦随往。刘义庆死后，他一度失职，后又任始兴王刘濬国侍郎。孝武帝时，曾任中书舍人、秣陵令等职。大明五年（461）入临海王刘子顼幕，次年，随任往荆州，任刑狱参军。孝武帝死后，明帝刘彧杀前废帝刘子业自立，孝武帝子刘子勋在江州起兵反对，子顼起而响应。子勋战败。子顼被赐死，鲍照

传世的歌者·诗赋雅乐

亦为乱兵所害，年50余。

鲍照在文学方面兼长诗、赋和骈文。诗歌成就最高，乐府诗中多传诵名篇。最有名的是《拟行路难》18篇。这18首诗并非一时之作，所咏亦非一事，但感情强烈，辞藻华美而笔力刚劲，形成独特的风格。如第4首（"泻水置平地"）和第6首（"对案不能食"），写他这样正直之士在仕途中备受压抑的悲愤。如第4首以水的流向不同喻人的命运各异，起笔突兀，气势磅礴，正如清人沈德潜所说："妙在不曾说破，读之自然生愁"（《古诗源》卷十一）。第6首则激愤之情溢于言表。诗中"朝出与亲辞，暮还在亲侧；弄儿床前戏，看妇机中织"看似闲适，益显有志不获骋之悲。结句"自古圣贤尽贫贱，何况我辈孤且直"，更为激昂有力。在这组诗中还写到了弃妇的哀怨（如第2首、第9首）和游子思念亲人及家乡，细致动人。除《拟行路难》外，《梅花落》等诗也为名作。这些诗五言、七言杂用甚至夹着九言之作，显然继承了汉魏以来一些民歌的传统而加以发扬，对隋唐以后七言歌行有着重要影响。前人论七言诗，以为成熟于鲍照绝非偶然。

鲍照的五言乐府诗亦多名篇，如《代东武吟》《代苦热行》都反映了出征军人的艰险经历，而功重赏薄，最后不免落到"昔如鞲上鹰，今似槛中猿"的境地。《代出自蓟北门行》则写慷慨报国的志士立功沙场的壮志，笔力刚劲，音调激越，几可直追建安曹植等人之作。又如《代白头吟》写正直之士不容于世，与《拟行路难》有异曲同工之妙。

鲍照其他诗歌亦不乏佳作，如《拟古》《赠故人马子乔》等篇。有的反映了平民生活的痛苦，有的善用比喻，写自己与朋友的深厚友情。写景诗则多偏于写秋冬肃杀景象，情调较抑郁，与谢灵运等人的山水诗颇有不同。如《行京口至竹里》中的"高柯危且竦，锋石横复仄"；《发后渚》中的"凉埃晦平皋，飞潮隐修樾"等。鲍照的诗以"奇险"著称。奇指设想新奇，如乐府《代出自蓟北门行》中的"马毛缩如蝟，角弓不可张"；险指除构思奇特外，又加遣辞的力求生

涩，如《发后渚》中的"华志分驰年，韶颜惨惊节"。当然也有平易绮丽之句，如《玩月城西门廨中》的"归华先委露，别叶早辞风"两句，已开谢朓等人之先河。

鲍照的赋以《芜城赋》为最传诵。此赋旧说为伤悼广陵经竟陵王刘诞之乱后残破景象而作，其实正如《文选》李善注引本集所说，乃"登广陵故城"的吊古之作，颇有盛衰无常之叹。以构思奇特著称，赋中"孤蓬自振，惊砂坐飞"两句，清人刘熙载在《艺概》中曾借此以喻鲍照创作的特色。鲍赋另一名篇则为《舞鹤赋》，体物极工，为历来所盛称。

鲍照的骈文以《登大雷岸与妹书》为最有价值。信中写旅途苦辛及途中所见长江两岸及庐山景色，均极动人。文风瑰丽高古，笔法颇近汉赋，与齐梁骈文之绮靡颇有不同。《石帆铭》也具有这一特色。

《鲍照集》今存最早的版本为《四部丛刊》影印明毛扆校本《鲍氏集》，较流行的则为明张溥《汉魏六朝百三家集》本《鲍参军集》。注释本有清钱振伦注本，近人黄节《鲍参军诗注》，今人钱仲联据钱、黄二注补订为《鲍参军集注》，有上海古籍出版社本。

沈 约

南朝文学家。字休文。吴兴武康（今属浙江）人。历仕宋、齐、梁三朝。他的父亲沈璞，在宋文帝元嘉末年皇族争夺帝位的斗争中被杀。沈约的少年时代家境贫困，他刻苦攻读，博通群籍。刘宋时代，任蔡兴宗记室，入朝为尚书度支郎。齐初，为文惠太子萧长懋家令，深见宠信。后来又在竟陵王萧子良门下，为"竟陵八友"之一。隆昌元年（494），出为东阳太守。齐明帝萧鸾即位，任五兵尚书，迁国子祭酒。齐末，他积极参与萧衍密谋代齐自立的活动，曾经为萧衍拟定即位诏书。萧衍建立梁朝后，沈约被任为尚书仆射，封建昌县侯，后迁尚书令，领太子少傅。死后谥隐，故后人也称他为"隐侯"。

沈约政治地位很高，加上耆年硕望，深于世故，所以成为当时公认的文坛领袖。他不仅是一位有成就的诗文作家，而且也是一位渊博的学者，著有《晋书》110 卷、《宋书》100 卷、《齐纪》20 卷、《高祖纪》14 卷、《迩信》10 卷、《宋世文章志》30 卷以及《四声谱》等。《宋书》流传至今，是"二十四史"中的一种。

沈约是讲求声律的"永明体"的创始人之一。齐、梁之际，汉语音韵学已经有了相当的发展。沈约把同时人周颙发现的平、上、去、入四声用于诗的格律，归纳出了比较完整的诗歌声律论："夫五色相宜，八音协畅，由乎玄黄律吕，各适物宜。欲使宫羽相变，低昂互节，若前有浮声，则后须切响，一简之内，音韵尽殊，两句之中，轻重悉异。"（《宋书·谢灵运传论》）要求在诗歌中使高低轻重不同的字音互相间隔运用，使音节错综和谐，即后世所谓调和平仄。除了四声说以外，他还提出了八病说，即"平头、上尾、蜂腰、鹤膝、大韵、小韵、旁纽、正纽"八种声律上的毛病。八病这一名词最早见于唐朝人的记载，因而有人怀疑沈约本人并没有明确地提出过这一说法。但据郭绍虞的考订，认为唐朝人把八病说的首创者归于沈约，应当是有根据的。至于"八病"的具体内容，后人的解释虽有不同，但大抵是诗歌声律上的各种禁忌，其规定极为苛细，连沈约自己都不能做到，不过更重要的是，诗歌声律论的提出，为五言律诗的正式形成开辟了通途，而且影响到骈体文，促使作者更加注意音节的铿锵优美。

沈约在文坛上负有重望，齐、梁两朝的许多重要诏诰都是出自他的手笔。他的诗文数量极多，据《梁书·沈约传》《南史·沈约传》所记载，共有 100 卷。严可均《全上古三代秦汉三国六朝文》辑其遗文为 8 卷，除了那些例行的公文外，大量的赋、论、碑、铭，都足以表现他的"高才博洽"。如《齐故安陆昭王碑文》，文辞典雅，用事得体；《梁书·沈约传》所载《郊居赋》，洋洋洒洒，以矫情掩盖牢骚。相比之下，《高松赋》《丽人

赋》反倒具有情致。《与徐勉书》自叙老态，写得十分形象，"百日数旬，革带常应移孔；以手握臂，率计月小半分"，后世竟因此而有了"沈郎腰瘦"这一典故。

现在的诗作，除郊庙乐章外，尚有140余篇，一部分是拟古的乐府，侍宴和应制之作也不少，内容比较贫乏，但是平稳工整。作品中比较突出的是描写山水景物和离别哀伤的诗，为数不多。山水诗中的《早发定山》《新安江至清浅深见底贻京邑游好》《石塘濑听猿》《宿东园》，都可以列入优秀作品之列，其中的名句如"标峰彩虹外，置岭白云间。倾壁忽斜竖，绝顶复孤圆"（《早发定山》），"洞彻随深浅，皎镜无冬春。千仞写乔树，百丈见游鳞"（《新安江至清浅深见底贻京邑游好》），"山嶂远重叠，竹树近蒙笼，开襟濯寒水，解带临清风"（《游沈道士馆》），都使人有耳目一新之感。描写离别之情，最为人所称道的是《别范安成》："生平少年日，分手易前期。及尔同衰暮，非复别离时。勿言一樽酒，明日难重持。梦中不识路，何以慰相思！"

感情深沉真挚，在艺术技巧上也富有独创性，后代有不少名篇隽句都从中脱胎而来。他还有一组《怀旧诗》，共9首，每首悼念一位已经作古的朋友。写得最好的一首是《伤谢朓》："吏部信才杰，文锋振奇响。调与金石谐，思逐风云上。岂言陵霜质，忽随人事往。尺璧尔何冤，一旦同丘壤！"也很容易令人联想起杜甫怀念李白的诗。他的另一组《八咏诗》体裁介于诗、赋之间，不仅文体具有特色，而且情韵兼备，时号绝唱。其他如乐府诗中的《临高台》《夜夜曲》，在当时也是上乘之作。沈德潜在《古诗源》中评论沈约，说他不如鲍照、谢灵运，"然在萧梁之代，亦推大家，以边幅尚阔，词气尚厚，能存古诗一脉也"。钟嵘《诗品》列沈约于中品，说他"不闲于经纶而长于清怨"，其工丽为"一时之选"。

沈约还精研佛典，《广弘明集》中曾经收录了他不少有关这方面的文章。

他的存世之作，张溥辑为《沈隐侯集》，收入《汉魏六朝百三家集》。

江 淹

中国南朝文学家。字文通。济阳考城（今河南民权东）人。江淹13岁丧父，家境贫寒，曾采薪养母。20岁左右教宋始安王刘子真读"五经"。泰始二年（466）入建平王刘景素幕，曾被诬入狱，遂上书陈情获释。举南徐州秀才，一度任巴陵王刘休若左常侍。不久又回刘景素幕，随刘赴荆州，后又随刘到南徐州。此时宋明帝死，刘景素密谋取代帝位，江淹觉察这一情况，多次劝阻，并作诗讽谏，触怒刘景素，被贬为建安吴兴（今福建浦城）令。宋顺帝昇明元年（477），齐高帝萧道成执政，把他召回建康，从此成了萧道成谋士。萧道成代宋建齐后，他官位日高，历任中书侍郎、尚书左丞诸职，后为宣城太守、秘书监。梁武帝代齐后，官至金紫光禄大夫，封醴陵伯。他今存作品大抵作于宋末齐初，此后虽有所作，而才思日退，故有"江郎才尽"之说。

江淹在文学上的成就以诗赋最著名。历来论者对江淹诗的评论，多强调他"诗体总杂"，善于模拟。这是因为他作有《杂体诗》30首，模仿了自汉迄宋末30家的诗体。这些诗大抵能逼肖原作，几可乱真。这30首诗实际上表现了江淹对这些作家的理解，实为文学批评的一种方式。他的《效阮公诗》号称模仿阮籍《咏怀诗》，实寓讽谏刘景素之意。清沈德潜评这些诗虽能摆脱排偶习气，但与阮籍的诗仍有很大区别。他拟古以外的诗，以《望荆山》较有名，此诗当为他任巴陵王左常侍时所作，情调萧瑟，反映了贫寒之士游宦时不得志的悲苦心情。他被贬为建安吴兴令时途中所作的《渡泉峤出诸山之顶》《仙阳亭》《游黄糵山》等，极写山路险峻，造语奇特，尚具古气，诗风近于鲍照，其刚劲不如，而含义深沉，亦具特色。

江淹的赋以《恨赋》和《别赋》最为传诵。《恨赋》写上至帝王、下至失意之士的死生之恨，以

"自古皆有死，莫不饮恨而吞声"作结。着墨不多，给人以深刻印象。其中写冯衍失职的悲愤尤为动人，显然寓有自己的身世之感。《别赋》用华美而精练的语言，写了各种人物在别离时的伤感。正如他说："故别虽一绪，事乃万族。"赋中用写景手法渲染了"行子"和"居人"各自不同的愁绪，尤其写情人之别时的"春草碧色，春水绿波。送君南浦，伤如之何""秋露如珠，秋月如珪，明月白露，光阴往来，与子之别，思心徘徊"，为历来传诵之名句。他还有《去故乡赋》《灯赋》等均为人们所称赏。他的赋绮丽细腻，文体已近律赋。

江淹的骈文亦有名篇，如《文选》所录《狱中上建平王书》，取法汉邹阳《狱中上梁王书》，辞采华茂，当不少古气。他的《袁友人传》则仿《史记》中传赞之文，在六朝亦不多见。

《江淹集》据他的《自序传》凡10卷，约编于齐初，据《隋书·经籍志》又有《后集》10卷。今所存者大约均为前集中之作。此书今存最早的版本为乌程蒋氏密韵楼藏明翻宋本。明胡之骥有《江文通集汇注》，今人俞绍初、张亚新有《江淹集校注》。

庾信

中国南北朝后期文学家。字子山。祖籍南阳新野（今属河南）。早年为梁东宫学士、湘东王国常侍，出入宫禁，撰作艳诗。曾出使东魏，为邺下所称。侯景之乱时逃奔江陵，依元帝萧绎，并奉命出使西魏。他到长安不久，西魏出兵陷江陵，杀元帝。庾信遂留关中，为周骠骑大将军开府仪同三司。

早年受其父庾肩吾及当时太子萧纲影响，诗文华艳，与"宫体"相近。这部分作品存者不多，如《奉和山池》《入彭城馆》诸诗，辞藻华美，属对工整，虽不乏写景好句，但笔力失之纤靡。当时所作短赋如《春赋》《对烛赋》《荡子赋》等，多用五七言句，与初唐歌行相近。侯景之乱后在江陵所作，诗风已有变化，如《燕歌行》写战地危苦的情景，颇为凄切，与乱前所作不同。出使西魏被留关中之后，情况又有不同，一则庾信生长江南，不免有乡关之思；再则留仕魏周，不仅屈身异代，且有种族之别，加以入关之初，西魏官员多无俸禄，故生活亦极困苦。生活的巨变引起创作的变化，从最有代表性的《拟咏怀》27首诗中，可以感受到他内心的痛苦，如其四用了《左传》"楚材晋用"典故，声称"雪泣悲去鲁，凄然忆相韩"，表达了对梁的思念；其三自比"倡家遭强聘，质子值仍留"，尤显悲愤。他的《郊行值雪》一诗，属对工整，仍近南朝诗风，而写北方严寒肃杀的冬景，则为过去所未有。《同卢记室从军》中"地中鸣鼓角，天上下将军"之句，气势雄浑，已开盛唐先声。他的《怨歌行》《杨柳歌》则用比兴手法，自悲身世亦极动人。此外，他的一些赠别友人的小诗如《寄徐陵》《寄王琳》等，情真意切，虽有时平仄不全合，而已近于盛唐的五言绝句，为历来论者所称赏。

庾信后期的辞赋尤多名作，其中最著名的自推《哀江南赋》。此赋结合他自己的身世，历叙梁代自盛而衰的原因。对梁武帝后期"宰衡以干戈为儿戏，缙绅以清谈为庙略"及对侯景之姑息作了清醒的反思。尤其可贵的是对梁元帝的残忍和忌刻作了深刻的揭露，对江陵陷落时民众所遭受的深重灾难和西魏军的残忍反映得十分真实，不愧为梁代后期的杰出史诗。此外，他还有一些赋亦颇传诵，如《枯树赋》《小园赋》《竹杖赋》和《伤心赋》等，大抵皆自伤身世之作。《小园赋》着重写境，借此衬托他心境的悲凉和幻灭。赋中写花木虽有生趣，而他自己则几同绝望。《枯树赋》和《竹杖赋》等多用比兴，如《枯树赋》写树木被人砍伐，离其本根，"若乃山河阻绝，飘零离别。拔本垂泪，伤根沥血"，显然是自比。他还有一篇《三月三日华林园马射赋》，虽不如前几篇传诵，而"落花与芝盖同飞，杨柳共春旗一色"二句被认为是王勃《滕王阁序》"落霞与孤鹜齐飞，秋水共长天一色"所本。

庾信的骈文亦多名作，其中《哀江南赋序》最为传诵。此文辞藻华美，对仗工整，笔锋常带感情，可以说是以较简的文字概括了全赋的主旨。此文用典虽多，却自然贴切，使人不觉。他的《思旧铭》乃哀悼梁宗室萧永而作，写到萧永梁亡后被俘入关，客死长安时说："所谓天乎，乃曰苍苍之气；所谓地乎，其实搏搏之上。怨之徒也，何能感焉！"不但辞气极为悲愤，亦且动人心魂。他的某些应用文字如《吴明彻墓志铭》，借吴的事迹自伤流寓，亦极感人。庾信和徐陵历来被视为六朝后期骈文大家，而以庾信为尤胜。

《庾信集》据编者宇文逌说，凡20卷，皆入北后作。今本有在南作品而卷数不足20卷，当后人所辑。有清吴兆宜、倪璠两种注本。

骆宾王

中国唐代诗人。字观光。婺州义乌（今属浙江）人。7岁能诗，有神童之誉。约在唐高宗显庆年间（656—661），为道王李元庆府属，后历仕朝中及四川。高宗永隆二年（681）夏，贬临海丞。后人因之称其为"骆临海"。光宅元年（684）九月，徐敬业（即李敬业）自称匡复府大将军，骆宾王为徐敬业起草《代李敬业传檄天下文》（即《讨武曌檄》），朝野震动。十一月，起事失败，骆宾王下落说法不一，有记为被杀，有记为亡命不知所终。

骆宾王与王勃、杨炯、卢照邻以文词齐名海内，史称"初唐四杰"。其文学作品现存各体诗数十首、赋3篇、文30余篇。他和卢照邻均擅长篇歌行，《帝京篇》是其代表作，当时以为绝唱。《畴昔篇》《艳情代郭氏赠卢照邻》《代女道士王灵妃赠道士李荣》等也都具有时代意义。其五言律诗亦时有佳作，《在狱咏蝉》托物兴怀，为人传诵。描写边塞戎马生活的诗作如《从军行》《于易水送人》等，则以高昂的情感基调，反映出唐王朝初期蓬勃奋发的时代精神。

骆宾王又擅骈文。《讨武曌檄》是其名作，其中"请看今日之域中，竟是谁家之天下"等句，尤为后人所传诵。史载武则天初读此文，但嬉笑，至"一抔之土未干，六尺之孤安在"两句，始矍然动容，问左右"谁为之"，答以"骆宾王"。武则天曰："宰相安得失此人！"（《新唐书》本传）足见此文之精妙。

清人陈熙晋有《骆临海集笺注》，最为通行，中华书局上海编辑所1961年有铅字排印本。事迹见《新唐书》《旧唐书》本传和郗云卿《骆宾王文集序》。

卢照邻

中国唐代诗人。字升之，自号幽忧子。幽州范阳（今河北涿州）人。20岁时，为邓王李元裕府典签。高宗龙朔（661—663）中，迁益州新都尉。秩满，婆娑蜀中，放旷诗酒。后离蜀入洛，咸亨三年（672），染风疾，居长安附近太白山，因服丹药中毒，手足残废。徙居阳翟具茨山下，后以仕途失意和疾病折磨，自投颍水而死。

卢照邻工诗歌、骈文，与王勃、杨炯、骆宾王齐名海内，史称"初唐四杰"，在初唐诗歌革新过程中占有重要地位。其诗取材广泛，内容充实，感情真挚。他和王、杨、骆一起把诗歌的反映面从宫廷扩展到市井和边塞，于当时可称一变。其七言歌行《行路难》《长安古意》，都是描写都市生活的佳作。后者借历史题材，描绘首都长安的繁华景象与现实生活的各个侧

面，揭露了统治集团的横暴奢靡及其互相倾轧的情况，抒发了下层志士儒者的不平。清词丽句，委婉顿挫，寄慨深微，耐人寻味。和骆宾王《帝京篇》同是初唐长篇歌行的优秀作品。

《旧唐书·经籍志》《新唐书·艺文志》皆著录《卢照邻集》20 卷，《新唐书》另著录《幽忧子》3 卷，均佚。明崇祯十三年（1640），张燮辑有《幽忧子集》7 卷、附录 1 卷，今人任国绪据以撰《卢照邻集编年笺注》。祝尚书的《卢照邻集笺注》系以《四部丛刊》本为底本。事迹见新旧《唐书》本传、《朝野金载》卷六。

王 勃

中国唐代诗人。字子安。绛州龙门（今山西河津）人。与杨炯、卢照邻、骆宾王以诗文齐名，并称"王杨卢骆"，亦称"初唐四杰"。

祖父王通是隋末著名的学者，号文中子。父亲王福畤历任太常博士、雍州司功等职。王勃才华早露，未成年即被司刑太常伯刘祥道赞为神童，向朝廷表荐，对策高第，授朝散郎。高宗乾封元年（666）被沛王李贤征为王府侍读，两年后因戏为《檄英王鸡》文，被高宗怒逐出府。随即出游巴蜀。咸亨三年（672）补虢州参军，因擅杀官奴当诛，遇赦除名。其父亦受累贬为交趾令。上元二年（675）随父南下，次年返，渡海溺水，惊悸而死。有学者研究认为王勃并非溺水而亡。从王勃随父迁回内地作《游冀州韩家园序》《三月伤己被禊序》，以及王承烈写于文明元年八月二十四日的祭奠王勃的祭文等推测，王勃卒于文明元年（684），享年 35 岁。

王勃的文学主张崇尚实用，认为"君子以立言见志"（《上吏部裴侍郎启》）。当时文坛盛行以上官仪为代表的诗风，"争构纤微，竞为雕刻"，"骨气都尽，刚健不闻"，王勃"思革其弊，用光志业"（杨炯《王勃集序》）。他创作"壮而不虚，刚而能润，雕而不碎，按而弥坚"的诗文,对转变风气起了很大的作用。

王勃的诗今存80多首,多为五言律诗和绝句。其中写离别怀乡之作较为著名。《送杜少府之任蜀川》写离别之情,以"海内存知己,天涯若比邻"相慰勉,意境开阔,一扫惜别伤离的低沉气息,为唐人送别诗之名作。《别薛华》《重别薛华》等五律都以感情真挚而动人。《山中》《羁春》《春游》《临江二首》等五言绝句,则通过写景抒发深沉的怀乡之情。明代胡应麟认为王勃的五律"兴象婉然,气骨苍然,实首启盛(唐)、中(唐)妙境。五言绝句亦舒写悲凉,洗削流调。究其才力,自是唐人开山祖"(《诗薮·内编》卷四)。

王勃的古诗仅有10多首,其中《临高台》反映都市繁华生活,暗寓对贵族豪门的讽刺。《采莲曲》《秋夜长》写妇女在采莲和捣衣时思念征夫,则是直接继承了乐府民歌的传统,而又能开拓意境。这些诗作虽仍带有六朝的华艳色彩,但风格清新明朗,显示了唐诗的新面貌。清人毛先舒曰:"王子安七言古风,能从乐府脱出,故宜华不伤质,自然高浑矣。"(《诗辩坻》卷三)

王勃的赋和序、表、碑、颂等文,今存90多篇,多为骈体,其中亦不乏佳作。《秋日登洪府滕王阁饯别序》(《滕王阁序》)在唐代已脍炙人口,名句如"落霞与孤鹜齐飞,秋水共长天一色",更为历来论者所激赏。《旧唐书·文苑传》引崔融语云:"王勃文章宏逸,固非常流所及。"《四库全书总目》亦谓"勃文为四杰之冠"。

王勃还写有许多学术著作,见于著录的有《周易发挥》5卷、《次论语》5卷(一作10卷)、《千岁历》、《颜氏〈汉书〉指瑕》、《平台钞略》(一作《平台秘略》)10篇、《合论》10篇、《黄帝八十一难经注》、《元经传》、《舟中纂序》5卷、《医书纂要》1卷等。这些著作除个别篇章如《黄帝八十一难经序》《平台秘略论赞》被收入《文苑英华》外,余皆亡佚。

王勃的文集,较早的有20卷、30卷、27卷3种本子,皆不传。现有明崇祯中张燮搜集汇编的《王子安集》16卷;清同治甲戌蒋清翊著《王子安集笺注》,分为20卷。

此外，杨守敬《日本访书志》著录卷子本古钞《王子安文》1卷，并抄录其佚文13篇（实为12篇，其中6篇残缺）。罗振玉《永丰乡人杂著续编》又辑有《王子安集佚文》1册，共24篇，增杨氏所无者12篇，且补足杨氏所录6篇残缺之文。罗氏序文中还提及日本京都"富冈君（谦藏）别藏《王子安集》卷二十九及卷三十"，按日本京都帝国大学部影印唐抄本第一集有《王勃集残》2卷，注云"存第二十九至三十"，当即富冈所藏本。清宣统三年（1911）刊姚大荣《惜道味斋集》有《王子安年谱》。

生平事迹见《旧唐书·文苑传》《新唐书·文艺传》《唐才子传》。

杨 炯

中国唐代诗人。华阴（今属陕西）人。与王勃、卢照邻、骆宾王齐名，并称"初唐四杰"。于高宗显庆四年（659）举神童。上元三年（676）应制举及第。补校书郎，累迁詹事司直。武后垂拱元年（685），坐从祖弟杨神让参与徐敬业起兵，出为梓州司法参军。天授元年（690），任教于洛阳宫中习艺馆。约如意元年（692）迁盈川令，吏治以严酷著称，卒于官。世称杨盈川。

杨炯以边塞征战诗著名，所作如《从军行》《出塞》《战城南》《紫骝马》等，表现了为国立功的战斗精神，气势轩昂，风格豪放。其他唱和、纪游诗篇则无甚特色，且未尽脱绮艳之风。另存赋、序、表、碑、铭、志、状等50篇。张说谓"杨盈川文思如悬河注水，酌之不竭，既优于卢，亦不减王"；《旧唐书》本传盛赞其《盂兰盆赋》"词甚雅丽"；《四库全书总目》则以为"炯之丽制，不止此篇"，并谓"其词章瑰丽，由于贯穿典籍，不止涉猎浮华"。所作《王勃集序》，对王勃改革当时淫靡文风的创作实践评价很高，反映了"四杰"有意识地改革当时文风的要求。对海内所称"王、杨、卢、骆"，杨炯自谓"愧在卢前，耻居王后"，当时议者亦以为然。今存诗 33 首，五律居多。明胡应麟谓"盈川近体，虽神俊输王，而整肃浑雄。究其体裁，实为正始"（《诗薮·内编》卷四）。

《旧唐书》本传谓其有文集 30 卷，《郡斋读书志》著录《盈川集》20 卷，今均不传。明万历中童珮搜集汇编有《盈川集》10 卷、附录 1 卷。崇祯间张燮重辑为 13 卷。

陈子昂

中国唐代文学家。字伯玉。梓州射洪（今属四川）人。睿宗文明元年（684）登进士第，官麟台正字，后升右拾遗，直言敢谏。时武则天当政，信用酷吏，滥杀无辜。他不畏迫害，屡次上书谏诤，主张与民休息。他言论切直，常不被采纳，并一度因"逆党"反对武则天的株连而下狱，后免罪复官。垂拱二年（686），他曾随左补阙乔知之

北征。万岁通天元年（696）又随建安王武攸宜大军出征，平定契丹叛乱。两次从军丰富了他的阅历。圣历元年（698），他辞官归乡侍奉老父。后权臣武三思指使射洪县令段简罗织罪名，对其加以陷害，陈子昂冤死狱中。因他曾任右拾遗，后世称他为陈拾遗。

唐代初期诗歌，沿袭六朝余习，风格绮靡纤弱，陈子昂力图扭转这种倾向。在《与东方左史虬修竹篇序》一文中，他慨叹"汉魏风骨，晋宋莫传"，批评"齐梁间诗，采丽竞繁，而兴寄都绝"，称美东方虬的《咏孤桐篇》"骨气端翔，音情顿挫，光英朗练，有金石声""不图正始之音，复睹于兹，可使建安作者，相视而笑"。这些言论，表明他要求诗歌继承《诗经》"风、雅"的优良传统，有比兴寄托，有政治社会内容；同时要恢复建安风骨，形成一种爽朗刚健的风格，一扫六朝以来的绮靡诗风。

陈子昂存诗共 100 多首，其中最有代表性的是《感遇》诗 38 首，《蓟丘览古赠卢居士藏用》7 首和《登幽州台歌》。《感遇》诗非一时

一地之作，内容极为丰富，指斥时弊，感慨身世，净洗六朝铅粉，上追阮籍《咏怀》诗，下开李白《古风》、张九龄《感遇》诗。《登幽州台歌》之"前不见古人，后不见来者，念天地之悠悠，独怆然而涕下"，俯仰古今，在广阔的背景中表达了他深沉的忧愤，慷慨悲凉，成为千古绝唱。《蓟丘览古》诗7首，通过吟咏蓟北一带古人古事来抒发怀才不遇的悲哀。翁方纲说他《蓟丘览古》诸作，郁勃淋漓，不减刘越石（刘琨）"（《石洲诗话》），指出了这些篇章慷慨悲歌的特色。他还有一些抒情短篇也写得很好，像五律《晚次乐乡县》《渡荆门望楚》《春夜别友人》《送魏大从军》等，抒情写景，形象鲜明，音节浏亮，风格雄浑，显示出近体诗趋向成熟时期的特色和他自己刚健有力的诗风。方回认为其五律可与同时的沈佺期、宋之问、杜审言诸人媲美，都是唐人"律体之祖"（《瀛奎律髓》）。

陈子昂的诗歌创作，在唐诗革新道路上取得了很大的成就。卢藏用说他"横制颓波，天下翕然质

文一变"（《陈伯玉文集序》）。金元好问《论诗绝句》云："沈宋横驰翰墨场，风流初不废齐梁。论功若准平吴例，合著黄金铸子昂。"都中肯地评价了他作为唐诗革新先驱者的巨大贡献。张九龄的《感遇》诗、李白的《古风》，都以他的《感遇》诗为学习对象。杜甫不少关心国事民生的诗篇，也明显是受了他的影响。白居易《与元九书》、元稹《叙诗寄乐天书》都谈到他们努力写作讽喻诗，是受到陈

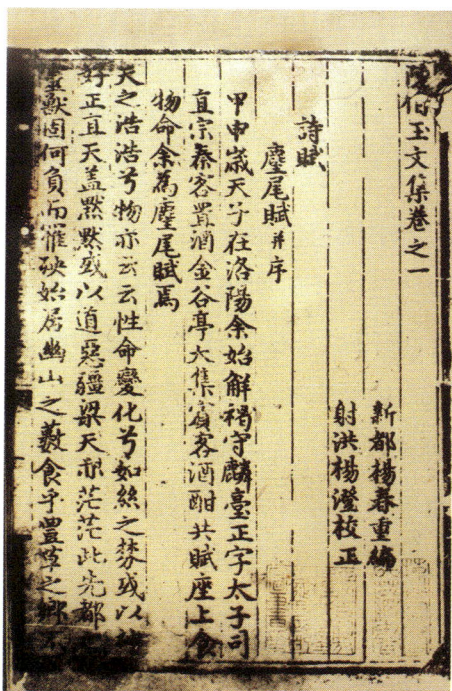

《陈伯玉文集》

子昂《感遇》诗的启发。

陈子昂的散文也很有名，是唐代古文运动的前驱者。《新唐书·陈子昂传》说："唐兴，文章承徐庾余风，天下祖尚，子昂始变雅正。"他的散文，虽然还夹杂部分骈偶语句，但大体上质朴疏朗，改变了唐代初期的文风。唐代古文家对他的散文给以很高的评价，如韩愈称"国朝盛文章，子昂始高蹈"（《荐士》），可见其影响之深远。但其散文的成就，不及诗歌突出。

陈子昂死后，其友人卢藏用为之编次遗文 10 卷。今存《陈伯玉文集》系后人重编。刻本中以明弘治间杨澄校刻杨春本《陈伯玉文集》10 卷收辑作品较多，并附录《新唐书》本传等有关材料。今人徐鹏校点《陈子昂集》，以《四部丛刊》本为底本，校以《全唐诗》《全唐文》《文苑英华》等书，补入诗文 10 余篇，成为较完备的本子，后附今人罗庸《陈子昂年谱》。今人彭庆生有《陈子昂诗注》较为通行，后附其所编《陈子昂年谱》及"诸家评论"。岑仲勉有《陈子昂及其文集之事迹》（载《辅仁学志》第 14 卷第 1、2 期合刊）一文，论其生平事迹颇详。

孟浩然

中国唐代诗人。或曰名浩，字浩然。襄州襄阳人，世称"孟襄阳"。青年时曾隐居鹿门山，以诗自适。唐玄宗开元五年（717），游洞庭，作《岳阳楼》诗，献给曾任丞相的岳州刺史张说，有意干谒，谋求引荐。以后漫游沅湘、浔阳、扬州、宣城间，曾逢李白，李白有《黄鹤楼送孟浩然之广陵》诗。十五年冬，赴京师长安举进士，第二年应试落第，滞留在长安、洛阳。曾闲游秘书省作诗联句，有"微云淡河汉，疏雨滴梧桐"，四座称赞，嗟其"清绝"。十七年秋，自洛阳经汴水往游吴越。至杭州观钱塘江潮，泛舟浮海，于十九年除夕，在乐城与张子容相会，张时任乐城县尉。年后孟浩然北归襄阳。

二十二年，再上长安，求仕未果返乡，写下《岁晚归南山》。二十五年，尚书右丞相张九龄被贬为荆州大都督府长史，即征辟孟浩然入幕府，署为从事。二十七年夏，孟浩然患背疽，归襄阳卧病在家。二十八年，王昌龄自岭南遇赦北归途经襄阳，孟浩然相接欢宴，食鲜鱼引发疽动，病情恶化，不治而卒。

李白有《赠孟浩然》诗："吾爱孟夫子，风流天下闻。红颜弃轩冕，白首卧松云。醉月频中圣，迷

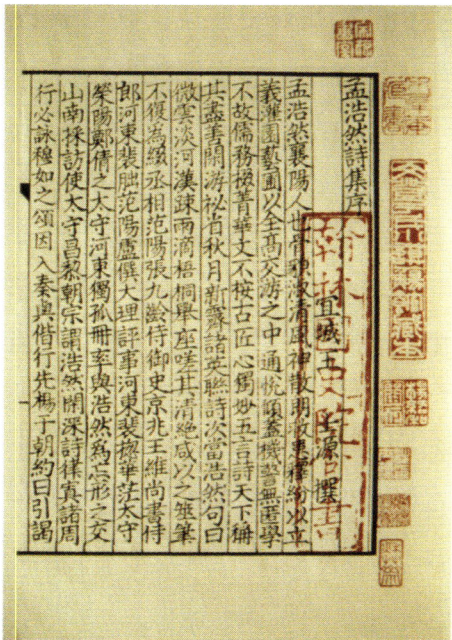

《孟浩然诗集》（南宋初刻本）

花不事君。高山安可仰，徒此揖清芬。"对他那不求名利高卧云山的情操无限仰慕。但是，孟浩然一生交织着复杂的出仕与退隐的矛盾。早年努力读书，怀有远大的政治抱负和儒家积极用世之心。青年时虽然隐居鹿门山，也是为应举入仕或被朝廷征召做准备。但他中年落第，怀才不遇，带着抑郁和愤懑离开京师，以后终因没有得力的引荐，不得不归隐穷庐。晚年入张九龄幕府，又激起他济苍生报国家的一线希望，但张九龄是从丞相被贬出都，已经失势，所以孟浩然也哀叹道："谢公还欲卧，谁与济苍生？"（《陪张丞相祠紫盖山述经玉泉寺》）

孟浩然一生大多在隐居和漫游中度过，所以田园隐逸、山水行旅是他诗歌创作的主要内容。他和王维并称，孟诗虽远不如王诗境界广阔，但在艺术上有独特的造诣。

孟诗不事雕饰，伫兴造思，富有超妙自得之趣，而不流于寒俭枯瘠。他善于发掘自然和生活之美，即景会心，写出一时真切的感受。如《秋登万山寄张五》《夏日南亭

怀辛大》《过故人庄》《春晓》《宿建德江》《夜归鹿门歌》等篇，自然浑成，而意境清迥，韵致流溢。尤其是《春晓》诗："春眠不觉晓，处处闻啼鸟。夜来风雨声，花落知多少。"自然流转无迹可寻，一派静气，脍炙千古。而其《过故人庄》一首，淳朴宁静，率然天真，将田园诗推向极致。杜甫称他"清诗句句尽堪传"（《解闷》），又赞叹他"赋诗何必多，往往凌鲍谢"（《遣兴》）。其抒情之作，如《岁暮归南山》《早寒江上有怀》《与诸子登岘山》《晚泊浔阳望庐山》《万山潭作》等篇，往往点染空灵，笔意在若有若无之间，而蕴藉深微，挹之不尽。宋代严羽以禅喻诗，谓浩然之诗"一味妙悟而已"（《沧浪诗话·诗辨》）。清代王士禛推衍严氏绪论，标举"神韵说"，宗尚王孟，曾举浩然《晚泊浔阳望庐山》一诗作为范本，认为"诗至此，色相俱空，政如羚羊挂角，无迹可求，画家所谓逸品是也"（《分甘馀话》）。

他和王维一并称盛唐山水田园诗派的代表，与高适、岑参的边塞诗派双峰并峙于盛唐诗坛。盛唐田园山水诗在继承陶渊明、谢灵运的基础上，有着新的发展。其代表作家中以孟浩然年辈最长，开风气之先，对当时和后世都有很大的影响。他的诗以清旷冲澹为基调，但"冲澹中有壮逸之气"（《唐音癸签》引《吟谱》语）。如"气蒸云梦泽，波撼岳阳城"（《望洞庭湖赠张丞相》）一联，与杜甫的"吴楚东南坼，乾坤日夜浮"（《登岳阳楼》）并列，成为摹写洞庭壮观的名句。然而这在孟诗中毕竟不多见，不能代表其风格的主要方面。总的说来，孟诗内容单薄，不免窘于篇幅。苏轼认为他"韵高而才短，如造内法酒手而无材料"（陈师道《后山诗话》引），是颇为中肯的。

孟浩然去世后，他的朋友宜城王士源搜辑其诗，于天宝四载（745）编成3卷，218首。至九载，集贤院修撰韦滔得到此本，已经是"书写不一，纸墨薄弱"。又重新缮写整理，送上秘府收藏。以后又经历代传刻增补，清编《全唐诗》辑为2卷，267首，句二联。事迹见《新唐书》《旧唐书》本传。

王昌龄

中国唐代诗人。字少伯。京兆长安（今陕西西安）人。开元十四年（726）有河西走廊之行，作有《从军行》《塞下曲》等著名边塞诗。十五年登进士第，任秘书省校书郎。曾与孟浩然交游，"二人数年同笔砚"（孟浩然《送王昌龄之岭南》）。二十二年，王昌龄又应博学宏词科登第，授汜水（今河南荥阳汜水镇）县尉。二十七年因事被贬谪岭南，途经襄阳时，孟浩然有诗送他（《送王昌龄之岭南》）。经湖南岳阳，他有送李白诗《巴陵送李十二》。次年，他由岭南北返长安，并于同年冬天被任命为江宁（今江苏南京）县丞。世称王江宁。在江宁数年，又受谤毁，被贬为龙标（今湖南黔阳）县尉。李白有《闻王昌龄左迁龙标遥有此寄》诗，寄予深切的同情与怀念。安史之乱起，王昌龄由贬所赴江宁，后为濠州刺史闾丘晓所杀。

王昌龄诗在生前颇负盛名。殷璠编《河岳英灵集》，共收 24 位诗人的作品，其中以王昌龄的诗选得最多。殷璠认为王昌龄是继承建安风骨、扭转齐梁风气的人。他说"元嘉已还，四百年内，曹、刘、陆、谢，风骨顿尽，今昌龄克嗣厥迹"，实为"中兴高作"。王昌龄擅长七言绝句，人称"诗家夫（一作天）子王江宁"。他的七绝与李白并称。明代王世贞《艺苑卮言》称："七言绝句，王江陵（宁）与

王昌龄诗《望月》插图（明万历集雅斋刻本《六言唐诗画谱》）

太白争胜毫厘，俱是神品。"宋荦在《漫堂说诗》中认为："三唐七绝，并堪不朽，太白、龙标，绝伦逸群。"胡应麟在《诗薮》中还对王、李两家的七绝做了比较的研究，认为："李作故极自然，王亦和婉中浑成，尽谢炉锤之迹。王作故极自在，李亦飘翔中闲雅，绝无叫噪之风。"

现存王昌龄诗共180多首，五、七言绝句几乎占了一半。他的七言绝句以写边塞、从军为最著名，如《从军行》"青海长云暗雪山"、《出塞》"秦时明月汉时关"，意境开阔明朗，情调激越昂扬，文字精练，音调铿锵。即使一些"边愁"的诗，也是悲凉慷慨、深沉含蓄。另一部分诗作写妇女题材，如《越女》《采莲曲》等，描绘民间少女的天真烂漫，不加修饰，意致清新；又如《长信秋词》《西宫春怨》等，写宫中妇女长期与世隔绝的哀愁和幽恨。此外，他的五古《代扶风主人答》揭露现实的矛盾，深刻沉痛；《芙蓉楼送辛渐》等寄怀友人的诗，又写得真挚高洁。

《全唐诗》编录其诗为4卷。其事迹参见《唐才子传校笺》卷二。又《新唐书·艺文志》著录王昌龄《诗格》2卷、《诗中密旨》1卷。现在所见到的《诗格》与《诗中密旨》，收于明人所编的《格致丛书》。但前人也有怀疑不是王昌龄作的（《四库全书总目》卷一九五司空图《诗品》提要、卷一九七《吟窗杂录》提要）。唐时日本僧人遍照金刚所作《文镜秘府论》已述及王昌龄评诗之语。在遍照金刚所作的《献书表》中也说到《王昌龄诗格》1卷（《唐文续拾》卷十六），可见王昌龄确曾作过《诗格》。现存的《诗格》和《诗中密旨》应有一部分为王昌龄原著。

李 白

中国唐代诗人。字太白，号青莲居士。自称祖籍陇西成纪（今属甘肃），为汉飞将军李广之后裔，凉武昭王李暠的九世孙。其先人在

隋末被窜于碎叶（在今吉尔吉斯斯坦的托克马克）。武则天长安元年（701）出生于西域，一说出生于绵州昌隆（今四川江油）。其父李客，生平事迹不详。现代有些研究者推测李客在西域因经商致富，但并无确证。

生平　李白少年时代的学习范围很广，除儒家经典、古代文史名著外，还浏览诸子百家之书，并"好剑术"（《与韩荆州书》）。他很早就相信当时流行的道教，喜欢隐居山林，求仙学道；同时又有建功立业的政治抱负，自称要"申管晏之谈，谋帝王之术，奋其智能，愿为辅弼，使寰区大定，海县清一"（《代寿山答孟少府移文书》）。一方面要做超脱尘俗的隐士神仙，一方面要做君主的辅弼大臣，这就形成了他出世与入世的矛盾。但积极入世、关心国家，是其一生思想的主流。在20岁左右时，李白在蜀中曾有过一次漫游，谒见过苏颋、李邕等前辈大家。

唐玄宗开元十三年（725），李白出蜀东游。在此后10年内，漫游了长江、黄河中下游的许多地方，并在安陆（今属湖北）与唐高宗时宰相许圉师的孙女结婚，因此居住安陆时间较长。在此期间，曾谋求做地方官吏，未果。与道士元丹丘和诗人孟浩然有过交游。近人多认为他在开元十八年左右曾一度抵长安，但此说尚有疑点，仍有争论。开元二十二年秋，李白北上东都洛阳，向正在洛阳的唐玄宗献《明堂赋》。后受元演邀请，一起北游太原，后返安陆。约在开元二十五年或二十六年移居东鲁，先

《李白行吟图》（南宋梁楷）

后寓家任城和瑕丘（今山东济宁和兖州）。李白不愿像当时一般士人那样，参加科举考试，取得官位，而企图通过隐居山林和广泛的社会结交来培养声誉，获得帝王赏识，不依常例擢用。天宝元年（742），李白受玉真公主等推荐，被玄宗召入长安，供奉翰林，作为文学侍从之臣。李白初时心情兴奋，很想有所作为，但他秉性耿直，遭受谗言诋毁，玄宗对他桀骜不驯的性格也多有不悦，在长安前后不满两年，即被迫辞官离京。

李白在长安遭受挫折，心情苦闷。此后11年内，继续在黄河、长江的中下游地区漫游，"浪迹天下，以诗酒自适"（刘全白《唐故翰林学士李君碣记》）。天宝三载，李白在洛阳与杜甫认识，结成好友，同游今河南、山东的一些地方，携手探胜，把酒论文，亲密无间，成为中国文学史上的佳话。次年两人分手，此后未再会面，彼此都写下了感情深挚的怀念诗篇。天宝十四载，安史之乱爆发，李白正在宣城（今属安徽）、庐山一带隐居。当时，玄宗命其第十六子永王李璘负责保卫和经管长江中部地区。李白怀着平叛愿望，参加了永王幕府工作。不料李璘想乘机扩张自己的势力，结果被肃宗派兵消灭。李白也因此获罪，被系浔阳（今江西九江）狱，不久流放夜郎（今贵州桐梓一带），途中遇到大赦，得以东归，时已59岁。晚年流落在江南一带。61岁时，听到太尉李光弼率大军出镇临淮，讨伐安史叛军，还北上准备从军杀敌，因病半路折回。次年在他的从叔当涂（今属安徽）县令李阳冰的寓所病逝。

文学创作 李白诗歌散失不少，今尚存近1000首，内容丰富多彩。

李白一生关心国事，希望为国立功，不满黑暗现实。他的《古风》59首对唐玄宗后期政治的黑暗腐败进行了揭露批判，体现了他的

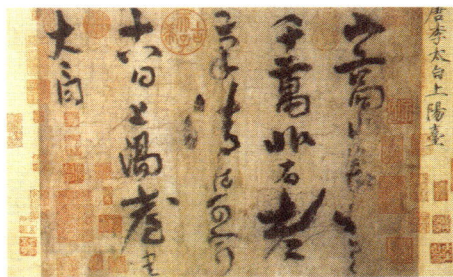
李白书《上阳台帖》

积极"用世"思想。但道家的"出世"思想和个体独立意识也在其创作中有着显著的体现。他迫切要求建功立业,但并不艳羡荣华富贵,而认为"钟鼓馔玉不足贵"(《将进酒》)。在《梦游天姥吟留别》中他高唱:"安能摧眉折腰事权贵,使我不得开心颜!"李白既像屈原那样热爱祖国,憎恨黑暗势力,积极关心政治,又像庄周那样鄙夷权贵,蔑视富贵。

李白的不少诗篇,表现了对人民生活的关心和同情。他的一部分乐府诗,继承汉魏六朝古乐府的传统,注意反映妇女的生活及其痛苦,着重写思妇忆念征人之苦,还写了商妇、弃妇和宫女的怨情。有些诗则描绘了农民、船夫、矿工等普通劳动人民的生活。

李白有不少描绘自然风景的诗篇。在他笔下,咆哮万里的黄河,白浪如山的长江,"百步九折萦岩峦"的蜀道,"回崖沓嶂凌苍苍"的庐山,无不形象雄伟,气势磅礴。他的"蜀道之难,难于上青天"(《蜀道难》)、"君不见黄河之水天上来,奔流到海不复回"(《将进酒》)、"飞流直下三千尺,疑是银河落九天"(《望庐山瀑布》)等,都是传诵千古的名句。这类诗篇,正像他若干歌咏大鹏鸟的作品那样,表现了他的豪情壮志和开阔胸襟,从侧面反映了他追求不平凡事物的渴望。另外一些诗篇,像《独坐敬亭山》《清溪行》等,则善于刻画幽静的景色,清新隽永,风格接近王维、孟浩然一派。

李白还有不少歌唱爱情和友谊的诗篇,写得真挚动人。其乐府诗篇,常常从女子怀人的角度来表达委婉深挚的爱情。他还有若干寄赠、怀念妻子的诗,感情也颇为深挚。他投赠友人的作品数量很多,佳篇不少。

李白诗歌善于运用夸张的手法、生动的比喻、丰富的想象、自由解放的体裁和朴素优美的语言来表现热烈奔放的思想感情,体现出一种自然、自由和率真之美。

李白诗歌中大量采用夸张手法和生动的比喻。他的"抽刀断水水更流,举杯消愁愁更愁"(《宣州谢朓楼饯别校书叔云》)、"白发三千丈,缘愁似个长"(《秋浦歌》其十五），刻画他长安政治活动失败后深广的忧思，是流传千古的名句。其他如"吟诗作赋北窗里，万言不值一杯水"（《答王十二寒夜独酌有怀》），写自己的怀才不遇；"欲渡黄河冰塞川，将登太行雪满山"（《行路难》），写仕途艰难；"桃花潭水深千尺，不及汪伦送我情"（《赠汪伦》），写朋友间的深厚友谊等，都以鲜明突出的形象打动读者。在他笔下，不但抒写自己的思想感情是如此，而且连妇女、历史人物以至自然景物，都被赋予强烈的抒情色彩。如"燕山雪花大如席，片片吹落轩辕台"（《北风行》），"长风几万里，吹度玉门关"（《关山月》），都以夸张手法刻画平凡的景物，从而衬托出诗中人物浩荡的愁思。

李白诗歌的想象丰富而惊人。他的"狂风吹我心，西挂咸阳树"（《金乡送韦八之西京》）、"我寄愁心与明月，随风直到夜郎西"（《闻王昌龄左迁龙标遥有此寄》），都以奇特的想象表现了对长安和诗友的怀念。《蜀道难》《梦游天姥吟留别》借助于神话传说，构造出色彩缤纷、惊心动魄的境界。其诗想象丰富奇幻、语句纵横变化的特色在篇幅较长的七言歌行中表现得尤为突出。

在体裁方面，李白擅长形式比较自由的古诗和绝句，不爱写格律严整的律诗。《古风》59首是他五古的代表作品。它们继承了阮籍《咏怀诗》、陈子昂《感遇诗》的传统，广泛地表现了对黑暗政治的不满、怀才不遇的感慨和隐遁游仙的思想。较之阮、陈之作，表达更显豁，文采更丰富。他乐府中的五古，文笔朴素生动，并倾注着诗人洋溢的热情。他的七言古诗（包括乐府七言歌行和一般七古）具有更大的创造性。七言古诗除七言句外，可以兼采长短不齐的杂言句，形式最为自由，便于表现丰富复杂的思想感情。如《远别离》《蜀道难》《行路难》《将进酒》《梦游天姥吟留别》等名篇，写景则形象雄伟壮阔，气势磅礴，色彩缤纷，抒情则感情奔放激荡，跳脱起伏，变化多端，具有"风雨争飞，鱼龙百变""白云从空，随风变灭"（《唐宋诗醇》）的雄伟奇特风格。

李白擅长绝句。他的绝句，在南北朝乐府民歌的基础上，锻炼提高，更为精警。五绝如《静夜思》《玉阶怨》等，蕴藉含蓄，意味深长。七绝佳作更多，语言明朗精练，声调和谐优美，写景抒情，深入浅出。像《望天门山》《早发白帝城》等，都是脍炙人口的名篇。历来评唐代七言绝句，认为李白与王昌龄最为擅长；李攀龙甚至誉为"唐三百年一人"（《唐诗选序》）。李白集中七律最少，仅10多首，也少佳作。五律有70多首，有的写得很好，格律工整，情景交融。

李白擅长乐府诗，他钻研、熟悉汉魏六朝的乐府古诗，他的集子中有4卷乐府诗，虽用乐府旧题，却能自出新意，写下不少优秀篇什，唐人以乐府古题写诗的，当推李白的成就最为杰出。他的某些歌行和绝句，虽不用乐府题目，也富有乐府诗的风味。

李白反对"雕虫丧天真"（《古风》第三十五）的雕章琢句之风。其诗歌语言直率自然，音节和谐流畅，浑然天成，不假雕饰，散发着民歌的气息。这得益于他对汉魏六朝的乐府民歌语言的学习，并使之更加精练优美，含意深长。他的七言古诗除明朗自然外，语言更以雄健奔放见长。

李白还有若干词作。《尊前集》著录12首，《花庵词选》著录7首。有些传为李白作的长短句均不甚可信，其中〔菩萨蛮〕"平林漠漠烟如织"、〔忆秦娥〕"箫声咽"两篇最为著名，《花庵绝妙词选》誉为"百代词曲之祖"。但这两首词没有收入宋本《李太白集》，而始见于宋人笔记，是否李白作品，后世多有疑问。

李白的散文，今存65篇。也多对偶句，没有摆脱当时流行的骈文风尚。但语言比较自然流畅，与其诗歌风格有相似之处。其中《与韩荆州书》《春夜宴从弟桃花（一作"李"）园序》两文，为后代选本所取，传诵较广。

李白诗歌对后代产生深远影响。唐代韩愈、李贺，宋代欧阳修、苏轼、陆游，明代高启，清代屈大均、黄景仁、龚自珍等著名诗人，都在不同程度上向李白诗歌汲取营养，受其影响。在国外，他对日本的松尾芭蕉、伊朗的莪默·伽亚谟、意象派的庞德、艾略特等，都有相当深刻的影响。

本集和校注版本 唐人所编的李白集子，现在没有流传下来。北宋中期，宋敏求增补旧本李白集，得诗近千首，曾巩为之考订次序，在一部分诗题下注明写作地点。稍后晏知止予以校正刊行，为《李太白文集》30卷，刻于苏州，世称"苏本"。后又有根据苏本翻刻的蜀本，是现存最早的李白集，原为清代藏书家收藏，康熙年间缪曰芑据以翻刻，世称"缪本"。蜀本原刻（大约刻于北宋末南宋初）现藏日本静嘉堂文库，日本京都大学人文科学研究所曾影印问世。

最早为李白集作注者，是南宋杨齐贤的《李翰林集》25卷，注释颇为繁富。元初萧士赟删补杨注，撰成《分类补注李太白集》25卷，大致详赡，但仍繁芜而有疏漏。明代胡震亨撰《李诗通》21卷，一般典实不注，偶下己见，并驳正旧注之误。清代乾隆年间，王琦汇集旧注，补充订正，编成《李太白文集》36卷，采择宏富，注释详备，

最后6卷，1卷为年谱，其余5卷分类辑录有关李白生平和作品的资料。清代末叶，黄锡珪增订王琦旧谱编有《李太白年谱》，较旧谱内容更为详细。黄氏又撰《李太白编年诗集目录》一种，用力颇勤，虽编次不尽恰当，但对深入研究李白诗歌，颇有帮助。今人瞿蜕园、朱金城编有《李白集校注》（1980年上海古籍出版社出版），另有安旗主编《李白全集编年注释》（1990年巴蜀书社出版）、詹锳主编《李白全集校注汇释集评》（1996年百花文艺出版社出版）等注本。

王 维

中国唐代诗人、画家。字摩诘。祖籍太原府祁县（今山西祁县东南），后随父徙家蒲州（治所在今山西永济西）。官终尚书右丞，世称"王右丞"。

生平 王维早慧，工诗擅画。

玄宗开元九年（721），进士擢第，任大乐丞。同年秋，因太乐署中伶人舞黄狮子事受到牵累，贬为济州司仓参军。十四年（726）改官淇上，不久弃官在淇上隐居。约在十七年，回到长安闲居，并从荐福寺道光禅师学佛。二十三年（735）春，为宰相张九龄所擢拔，官右拾遗。二十五年，张九龄受到李林甫的排挤、打击，谪为荆州长史，王维对此很感沮丧，曾作《寄荆州张丞相》诗，抒发自己黯然思退的情绪。同年，赴河西节度使幕为监察御史兼节度判官。二十八年（740），以殿中侍御史知南选，赴桂州（今广西桂林）。翌年春北归后曾隐于终南山。天宝元年（742），为左补阙。四载，迁侍御史。后转库部员外郎、库部郎中。十四载（755），迁给事中。天宝时，李林甫、杨国忠相继专权，朝政日趋黑暗腐败，王维的进取之心和用世之志也日渐衰减。他身在朝廷，心存山野，在蓝田辋川购置了别业，经常在公余闲暇游憩其中，过着亦官亦隐的生活。十五载（756），安史叛军攻陷长安，王维扈从玄宗不及，被俘获。他服药取痢，"伪疾将遁"，结果被缚送洛阳囚禁。后被迫接受伪职。唐军收复两京后，王维得到唐肃宗的特别宽宥而复官，后累迁至给事中、尚书右丞。

诗歌创作　王维诗今存376首。在中国诗歌史上，他以擅长描写山水田园等自然风景著称。他的山水田园诗多表达流连山水的闲情逸致和闲居生活中的萧散情趣，喜欢刻画宁静幽美的境界。如《山居秋暝》写秋日傍晚雨后的山村，极其恬静优美；《鸟鸣涧》以动写静，渲染出春天月夜溪山一角的幽境。同是描写幽静的景色，也呈现出缤纷多姿的面貌，如"漠漠水田飞白鹭，阴阴夏木啭黄鹂"（《积雨辋川庄作》）等诗句，色彩鲜丽，而《辋川集》中的不少篇章则清淡素

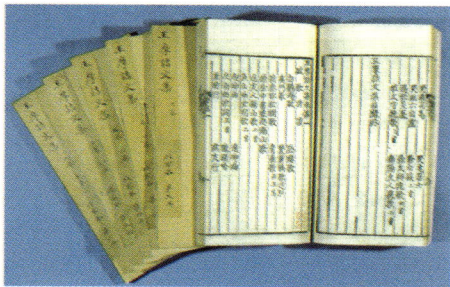

《王摩诘文集》（宋刻本）

净。有些田园诗把农家生活写得非常平和宁静，将田夫野老写成悠闲自得的隐士式的人物，表现了他对闲适生活的喜爱。也有的山水田园诗气象萧索，幽寂冷清，流露出离世绝俗的禅意。明代胡应麟就称王维的五绝"却入禅宗"，又称《鸟鸣涧》《辛夷坞》二诗，"读之身世两忘，万念皆寂"（《诗薮》）。不过，大部分山水田园诗所流露出来的感情是安恬闲静，而不是幽冷空寂。如《竹里馆》，不仅流露了离尘绝世的思想情绪，还表现了诗人沉浸在寂静境界中的乐趣。又如《新晴野望》《辋川别业》《赠裴十迪》等，也流露出作者陶醉于山水田园中的愉悦、恬适心情。王维山水田园诗所刻画的幽静之境捕捉自然之美，具有某种净化心灵的作用，千百年来，一直为人们所喜爱和欣赏。他还有些山水诗勾画出雄伟壮丽的景象，如《汉江临眺》《终南山》等。

苏轼《书摩诘蓝田烟雨图》云："味摩诘之诗，诗中有画；观摩诘之画，画中有诗。"（《东坡题跋》卷五）王维擅长山水画，他的山水田园诗也极有画意，他笔下的山水景物特别富有神韵，常常是略事渲染，便表现出深长悠远的意境，耐人玩味，如《木兰柴》《淇上即事田园》等，都是体物入微之作。绘画讲究构图，他的诗也很注意景物的安排、布置。如"大漠孤烟直，长河落日圆"（《使至塞上》），大漠、长河、落日、孤烟，4种景物安排得非常巧妙、得当，构成一幅雄奇壮丽的边塞风光图。他还善于捕捉和表现自然界的光色与音响变化。如"荆溪白石出，天寒红叶稀。山路元无雨，空翠湿人衣"（《山中》），具有色彩相互映衬的美；"万壑树参天，千山响杜鹃。山中一半雨，树杪百重泉"（《送梓州李使君》），具有立体感的画面里传出美妙的音响，使他的诗中画更生动逼真。王维的写景诗篇常用五律和五绝的形式，篇幅短小，语言精美，音节较为舒缓，用以表现幽静的山水和诗人恬适的心情，尤为相宜。

王维不仅工于写景，而且善于写情。在他的集中，表现友情、亲情的诗歌数量甚多，与其山水田园之作不相上下，大都真挚动人。有的借景寓情、以景衬情，如"寒

塘映衰草，高馆落疏桐"（《奉寄韦太守陟》）；有的安插动人的写景佳句，使全篇为之增色，如"日落江湖白，潮来天地青"（《送邢桂州》）；有的直抒心声，以情语成文，如《送元二使安西》《送沈子福归江东》《九月九日忆山东兄弟》等，语浅情深、余味不尽。王维写闺思、宫怨、爱情的诗对妇女的不幸遭遇往往抱同情态度，如《息夫人》《杂诗三首》等；在艺术表现上，则大都有蕴藉、委婉之长。

王维还有一些作品揭露豪门贵族把持仕途、才士坎坷不遇的不合理现象，抒发了诗人内心的愤慨不平，如《寓言二首》其一、《偶然作》其五等。王维的边塞、军旅诗，充满勇武、豪逸之气，境界雄浑、壮阔，如《从军行》《燕支行》《出塞作》《使至塞上》《观猎》等。写侠士的诗则表现了侠少的豪迈气概和爱国热忱，笔墨酣畅，如《少年行》4首等。

王维诗歌的语言清新明丽，简洁洗练，精警自然。如"渡头余落日，墟里上孤烟"（《辋川闲居赠裴秀才迪》）、"惟有相思似春色，江南江北送君归"（《送沈子福归江东》）等，写景言情，都妙语天成，清淡自然而又韵味无穷。王维诸体诗（包括四言诗、六言绝句、骚体诗）都有佳制，并臻工妙，这在唐代诗人中是颇罕见的。他的七律或雄浑华丽，或澄净秀雅，为明七子所师法。七古《桃源行》《老将行》《同崔傅答贤弟》等，形式整饬而气势流荡，堪称盛唐七古中的佳篇。散文也有佳作。《山中与裴秀才迪书》清幽隽永，极富诗情画意，与其山水诗的风格相近。

王维诗在他生前以及后世都享有盛名。他是开元、天宝时代最有名望的诗人，当时李白、杜甫的名望均不及他，后来才超过他。他的创作对刘长卿、大历十才子以及姚合、贾岛等人的诗歌，都有不同程度的影响。直到清代，王士禛标举神韵，实际上也以王诗为宗尚。

绘画成就　王维精通音乐，擅长绘画。唐人评其所画山水为"笔综措思，参与造化"，"云峰石色，绝迹天机，非绘者之所及也"（《旧唐书·王维传》）。他画山水能吸收众家之妙，有接近李思训的青绿山水，也有"踪似吴生（道子），而风致标格特出"的山水松石。其水墨画尤为人称许，唐代张彦远称"曾见（王维）破墨山水，笔迹劲爽"（《历代名画记》），他与张璪、项容等同为早期水墨画家。宋代《宣和画谱》著录其作品126幅，除少许佛像外，多为山庄、渔市、村墟、骡纲、剑阁及雪景山水。据记载，王维曾舍蓝田住宅为清源寺，于寺内画《辋川图》，笔力雄壮，山谷重叠，云水飞动，表现了蓝田景色之美。此图在宋代时传有多种摹本，现存较早之石刻拓本景物布满画面，犹存早期山水画之格局，可作为了解此一题材的参考资料。王维真迹在唐代已不多见，宋代时常把传世的五代江南人所画笔致清秀的雪景山水当作王维的画卷。世传《王维雪溪图》有宋徽宗赵佶题签，用笔浑厚古雅，可能是一幅时代较早的山水画，但与王维关系如何则尚待研究。明清时王维的作品更无从目睹，对王维的绘画风格也有一些讹传。董其昌创立的南北宗论中把王维称为南宗之祖，谓其"一变勾斫之法"为"水墨渲淡"，从早期的历史文献对王维的记述评价考察，董说并不符合真实情况。王维亦能画人物及佛像，据唐宋人著述说他曾画《孟浩然骑驴像》。在陕西凤翔开元寺东塔所画的壁画宋时犹存，苏轼在《凤翔八观》诗中曾咏歌此画"祇园弟子尽鹤骨，心如死灰不复萌，门前两丛竹，雪节贯霜根，交柯乱叶动无数，一一皆可寻其源"，可以想知画中人物也是相当生动的。此壁早

《长江积雪图卷》

已坍毁，但其中丛竹曾经后人摹绘刻石，现存西安碑林。

本集和研究资料 《王维集》最初由其弟王缙编成，共 10 卷，收诗文凡 400 余篇。今存最早的王维集刻本为北宋蜀刻本《王摩诘文集》10 卷，藏中国国家图书馆，1982 年上海古籍出版社有影印本。另有南宋麻沙刻本《王右丞文集》10 卷，藏日本静嘉堂文库，中国国家图书馆藏有此本之影抄本（原为述古堂旧藏）。元刻有《须溪先生校本唐王右丞集》6 卷，有诗无文，《四部丛刊》据以影印。明人重编校刻的本集不少，其中较重要的有嘉靖三十五年（1556）无锡顾氏奇字斋刊《类笺唐王右丞诗集》10 卷，有顾起经注，附文集 4 卷，无注，这是现存第一个王维诗注本。嘉靖三十八年（1559）另有一种王维诗注本——顾可久注《唐王右丞诗集注说》6 卷刊行。清赵殿成《王右丞集笺注》26 卷，是第一个王维诗文全注本，刊于乾隆二年（1737），1984 年上海古籍出版社有排印本。除笺释全部诗文外，此书还收辑有关王维生平和诗画评论的资料，作为附录。今人陈铁民有《王维集校注》，对王维的全部诗文作了编年校注，对赵注本的缺点和不足做了纠正与弥补。书末有《传本误收诗文》《王维事迹资料汇录》《诗评》《画评》《王维年谱》《王维集版本考》6 种附录。

王维事迹见《新唐书》《旧唐书》本传。顾起经注本和赵殿成注本都附有注者所撰王维年谱。今人陈贻焮有《王维生平事迹初探》一文，后附《王维简要年表》（载《唐诗论丛》）。

杜 甫

中国唐代诗人。字子美。祖籍襄阳，生于巩县（今河南巩义）。因居长安时期，曾一度住在城南少陵附近，自称少陵野老。肃宗至德间，曾任左拾遗；在成都时被荐为节度参谋、检校工部员外郎。故后世又称他为杜少陵、杜拾遗、杜工部。

生平和思想 杜甫的祖父杜审言是武后时著名诗人，官至膳部员外郎。父亲杜闲，曾任兖州司马、奉天县令。杜甫早慧，7岁能作诗，十四五岁时，即与文坛名士交往，受到他们的称许。19岁出游郇瑕。20岁，漫游吴越，历时数年。玄宗开元二十三年（735），在洛阳参加进士考试，未被录取。其父杜闲时任兖州司马，遂赴兖州省亲，开始齐赵之游。玄宗天宝三载（744）四月，在洛阳与李白相遇。二人畅游齐鲁，访道寻友，谈诗论文，结下深厚的友谊。次年秋，他们在兖州分手，此后再没有会面，杜甫写过不少怀念李白的感人诗篇。后杜甫西去长安，结束了"放荡齐赵间，裘马颇清狂"（《壮游》）的漫游生活。杜甫入京之前所作仅24首，其中唯《望岳》《房兵曹胡马诗》《画鹰》3首较有特色，属于写景咏物之作。

天宝六载，玄宗诏天下通一艺者到长安应试，杜甫也参加了考试。但由于权相李林甫作梗，应试者全部落选。杜甫不断写诗投赠权贵，希望得到他们的推荐，但无结果。天宝十载，玄宗举行祭祀"玄元皇帝"老子、太庙和天地的三大盛典。杜甫献三篇"大礼赋"，得到玄宗的赏识，命待制集贤院。但直到天宝十四载，才被任命为河西尉，杜甫没有就任，改任右卫率府兵曹参军。同年十一月，往奉先省家，就十年长安生活的感受和沿途见闻，写成著名的《自京赴奉先县咏怀五百字》。同月，安史之乱爆发。翌年六月，潼关失守，玄宗仓皇逃往成都。七月，太子李亨即位于灵武，是为肃宗。这时，杜甫已搬家到鄜州羌村避难，闻肃宗即位，即于八月只身北上，投奔灵武，不幸为叛军所俘，押送长安。至德二载（757）四月，杜甫冒险逃出长安，奔赴肃宗临时驻地凤翔，受任为左拾遗。后因疏救房琯，触怒肃宗，遭到审讯，幸宰相张镐救免。闰八月，回鄜州省家，写了《北征》等诗。乾元元年（758）六月，贬华州司功参军，从此永远离开朝廷。

同年冬，杜甫由华州赴洛阳，乾元二年春，返华州，就沿途所见

所感，写成著名的"三吏"（《新安吏》《潼关吏》《石壕吏》）、"三别"（《新婚别》《垂老别》《无家别》）。七月，弃官去秦州，开始了"漂泊西南天地间"的人生苦旅。十月，赴同谷。年底，由同谷抵成都。上元元年（760）春，在成都西郊浣花溪畔筑草堂居住。二年岁末，严武任成都尹兼剑南节度使，给予他不少帮助。代宗宝应元年（762）七月，严武奉召入朝，成都少尹兼御史徐知道在成都叛乱，杜甫流亡到梓州、阆州。广德二年（764）正月，严武又被任命为成都尹兼剑南节度使，杜甫也在三月回到成都。严武举荐杜甫为节度参谋、检校工部员外郎，杜甫在成都节度使幕府中住了几个月，因不惯于幕府生活，一再要求回到草堂，最后严武应允了他的请求。永泰元年（765）四月，严武病逝，杜甫失去依靠，于五月离开成都乘舟南下，经嘉州、戎州、渝州、忠州至云安，因病不能前进，直到次年暮春病势减轻，才迁往夔州。居夔州近两年，写诗400余首。夔州气候恶劣，朋友稀少，杜甫在大历三年（768）正月起程出三峡，经江陵、公安，暮冬抵岳阳。之后两年，杜甫居无定所，往来于岳阳、长沙、衡州、耒阳之间。五年冬，卒于湘江舟中，时年59岁。杜甫死后，灵柩停厝在岳阳，43年后，即宪宗元和八年（813），才由他的孙子杜嗣业移葬于河南首阳山下。

杜甫出身于"奉儒守官"的家庭，受的是儒家正统教育。他对孔、孟所倡导的忧患意识、忠恕之道、仁爱精神、恻隐之心等，都有深刻的理解，并身体力行。崇高而深挚的爱国主义精神，深沉的忧国忧民的忧患意识，始终贯穿于他坎坷的一生及其全部创作中。当然，在唐代以儒为主、佛道兼容的思想

《杜甫诗意图》部分（南宋赵葵）

格局中，在颠沛流离的艰难岁月里，他也受到佛道思想的影响，但那是次要的。

文学成就　杜甫作品流传下来的，有诗1458首，文、赋28篇。杜甫是中国古典诗歌成就的集大成者。在杜甫手中，诗几乎无所不能，其表现功能得到了淋漓尽致的发挥。

杜甫生当唐王朝由盛而衰的历史转折时期，他的作品广泛而深刻地反映了安史之乱前后唐王朝社会生活的巨大变化，是那个时代的忠实记录。他的诗因此被誉为"诗史"。杜诗大部分涉及玄宗、肃宗、代宗三朝有关政治、经济、军事以及人民生活的重大问题。杜甫中年时期的两篇杰作，《自京赴奉先县咏怀五百字》和《北征》，向被誉为"古今绝唱"。诗里有抒情，有叙事，有纪行，有说理，有对于自然的观察，有对社会矛盾的揭露，有内心的冲突，有政治的抱负和主张，有个人的遭遇和家庭的不幸，有国家与人民的灾难和对于将来的希望。这两首长诗内容丰富，感情波澜起伏，语言纵横驰骋，反映了作者对自然和社会现象的敏锐观察和感应，是诗人生活和内心的自述，也是时代和社会的写真。

杜甫写了大量的时事政治诗，或陈述政见，如《洗兵马》；或揭发统治者的荒淫残暴，如《丽人行》；或寓言讽兴，如《凤凰台》；或对穷苦人民表同情关怀，如《茅屋为秋风所破歌》。他歌咏自然的诗，往往既联系自己，也联系时事。在写景和抒情时，很少离开现实，随时随地都想到他所处的干戈扰攘、国困民疲的时代。如困居沦陷的长安时写的《春望》、入蜀时写的《剑门》，最具代表性。杜甫也写了一些歌咏绘画、音乐、建筑、舞蹈、用具和农业生产的诗，反映了唐代文化的各个方面。杜甫怀念家人、朋友的诗，大都缠绵悱恻，一往情深。还有另一类作品，如《客至》《春夜喜雨》《燕子来舟中作》《小寒食舟中作》等，诗歌意境雍容闲澹，情致委婉，不迫不露，表达了作者日常生活中某种体察入微的独特感受。这类作品以其丰富的情趣反映作者对生活的热爱，同样是杜诗中的珍品。

杜甫被尊为"诗圣"。他把诗看作是他终生的事业，认为"诗是吾家事"（《宗武生日》）。他对诗有着一种超人的执著精神，"为人性僻耽佳句，语不惊人死不休"（《江上值水如海势聊短述》）。杜甫不仅空前扩大了诗的题材和体裁范围，达到了无事不可言、无意不可入的程度，而且使诗歌艺术达到了出神入化、登峰造极的境地。中国诗歌到杜甫为一大变，清代陈廷焯说得好："诗至杜陵而圣，亦诗至杜陵而变。……昔人谓杜陵为诗中之秦始皇，亦是快论。"（《白雨斋词话》卷七）"与古为化，化而能新"，可以概括杜甫对中国古典诗歌的贡献。宋初王禹偁《日长简仲咸》诗云："子美集开诗世界。"都是说杜甫是继往开来的伟大诗人。

杜诗众体皆有，诸体兼擅，诸法俱备。据浦起龙《读杜心解》统计，杜诗共 1458 首，其中五古 263 首，七古 141 首，五律 630 首，七律 151 首，五排 127 首，七排 8 首，五绝 31 首，七绝 107 首。

杜诗不仅名篇众多，而且富于创造，成为流传千古的艺术瑰宝。"即事名篇，无复依傍"的新题乐府，是杜甫开创的一种新的诗歌体式，为中唐以后的新乐府树立了榜样。清王士禛认为："七言古诗，诸公一调。唯杜甫横绝古今，同时大匠，无敢抗行。"（《居易录》卷二十一）把杜甫的七言古诗奉为"千古标准"。律诗，特别是七律，更是成熟于杜甫。清钱良择《唐音审体·律诗七言四韵论》云："七言律诗始于初唐咸亨、上元间，至开、宝而作者日出。少陵崛起，集汉、魏、六朝之大成，而融为今体，实千古律诗之极则。……上下百余年，止少陵一人独步而已。"明胡应麟就把他的《登高》奉为"古今七言律第一"。杜甫又是拗体七律的创始者，如《白帝城最高楼》《白帝》等。他到夔州后写的一些长篇排律和联章诗，如《秋日夔府咏怀一百韵》《诸将五首》《咏怀古迹五首》《秋兴八首》等，以它独特的风貌，标志着他对这些诗体的创造、运用已达到全新境界。可以说，夔州时期，杜甫的诗艺已达到炉火纯青、出神入化的境地。杜诗，特别是律诗，可以说是从容于法度之中，而又变化于法度之外。他于法度中求变化，纵横变化中自有法度，使二者达到完美的统一。杜诗内容和形式的完美结合所呈现出的主体风格是"沉郁顿挫"，即内容上博大精深、忧愤郁勃，形式上波澜老成、顿挫变化，语言上精练准确、含蓄蕴藉，从而形成了千汇万状、地负海涵、博大宏远、真气淋漓的美学风貌。

杜甫遗文成就虽不及其诗，但像《雕赋》《祭故相国清河房公文》等，亦颇可观。

杜甫对后世文学产生了广泛而深远的影响。可以说，杜甫之后，中国诗坛上的杰出诗人，几乎没有一个不是受他影响的。唐元稹、白居易、张籍、王建、刘禹锡、韩愈、李贺、李商隐、杜牧、韩偓、韦庄，宋王安石、苏轼、黄庭坚、陆游，金元好问，清钱谦益等，无不推尊杜甫，学习杜甫。他的诗歌，堪称中国古典诗歌的范本；他的人格，堪称中华民族文人品格的楷模。

本集和研究资料 《旧唐书》本传和《新唐书·艺文志》都记载《杜甫集》60卷，唐代宗大历年间（766—779），樊晃编有《杜工部小集》6卷，惜均不存。据不完全统计，自唐迄于清末，见于著录的各类杜集，有400多种，流传至今的200多种。唐以后，有两次注杜高潮。一为两宋时期，号为"千家注杜"。今传杜集最早者为北宋王洙、王琪编定，裴煜补遗的《杜工部集》20卷。此后杜集补遗、增校、注释、批点、集注、编年、分体、分类、分韵之作，皆祖此本。南宋最著者，有郭知达《新刊校订集注杜诗》（又称《九家集注杜诗》），蔡梦弼《杜工部草堂诗笺》，黄希、黄鹤《黄氏补千家集注杜工部诗史》，而最有价值的是赵次公《新定杜工部古诗近体诗先后并解》，此本仅存明抄残本26卷，全本则有今人林继中《杜诗赵次公先后解辑校》。二为明末清初时期。主要评注本有王嗣奭《杜臆》、钱谦益《钱注杜诗》、朱鹤龄《杜工部诗集辑注》、仇兆鳌《杜诗详注》、浦起龙《读杜心解》、杨伦《杜诗镜铨》。今人研究杜甫的著作，主要有冯至《杜甫传》、萧

涤非《杜甫研究》、陈贻焮《杜甫评传》等。研究资料有中华书局出版的《杜甫研究论文集》与《古典文学研究资料汇编·杜甫卷》上编（唐宋之部）。年谱有闻一多编《少陵先生年谱会笺》、四川文史研究馆编《杜甫年谱》。

岑参

中国唐代诗人。荆州江陵（今湖北荆州市）人。曾祖父文本、伯祖父长倩、堂伯父羲都以文才官至宰相。父岑植，开元初位终晋州刺史。岑参幼年丧父，立志苦学，遍读经史。20岁献书天子，希冀以此获取官位，而未能如愿。此后约10年，屡出入长安、洛阳，曾漫游河朔。天宝三载（744）登进士高第，授右内率府兵曹参军。八载冬，入安西节度使高仙芝幕府为僚佐，初次出塞。十载还长安。十三载夏末赴北庭，充安西、北庭节度使封常

清判官，再次出塞，边塞诗名作大多成于此时。肃宗至德二载（757）东归，杜甫等举荐他为右补阙。乾元二年（759）出为虢州长史，后迁关西节度判官。代宗广德元年（763）入为祠部员外郎，寻转考功员外郎，虞部、库部郎中。大历元年（766）入蜀，初为剑南西川节度使杜鸿渐僚属，后转嘉州刺史，因此人称"岑嘉州"。三年（768）罢官，客寓于蜀。四年岁末，卒于成都。

岑参早期（首次出塞以前）诗歌多为写景、纪游、赠答、送别和嗟叹仕途不遇之作。写景之作多佳篇，诗风奇峭清丽。如"山风吹空林，飒飒如有人"（《暮秋山行》）、"涧花然暮雨，潭树暖春云"（《高冠谷口招郑鄠》）、"涧水吞樵路，山花醉药栏"（《初授官题高冠草堂》）、"片雨下南涧，孤峰出东原"（《猴山西峰草堂作》）等，都清丽俊逸，造意、炼语俱奇。

岑参两度出塞，边塞生活的体验极为丰富和充实，是盛唐写作边塞诗数量最多、成就最突出的诗人。这些诗色调雄奇瑰丽，充满慷

慨报国的英雄气概和不畏艰苦的乐观精神。《走马川行》和《轮台歌》，歌颂封常清的战功和唐军的勇武，运用了想象和夸张的手法，把边塞上大自然的剧烈变化，同声势浩大的行军场面融合起来，写得激昂高亢，豪迈雄壮，鲜明地反映出岑参边塞诗独具的奇壮风格。岑参的边塞诗不只写军事行动，他还别开生面地描写了火山云、天山雪，热海水的炙热，瀚海水的奇寒，北风卷地，黄沙入天。有时岑参把这些奇异景色同军营的日常生活结合起来描述，给人以生机勃勃之感，其中最具有代表性的是《白雪歌送武判官归京》。此外，他还写了边塞的风习和各族人民的友好相处，征戍者的思乡和将士的苦乐不均，大大开拓了边塞诗的创作题材和艺术境界。他的边塞诗多采用七言歌行体裁，不再沿用乐府旧题而自立新题，已接近杜甫等的新题乐府。

岑参自边地东归后，遇上了安史之乱，这以后直到辞世的十余年间，他一直居于卑位，抱负不得施展，思想趋于消沉。诗中流露出伤时悯乱而又无可奈何的喟叹。入蜀以后，蜀地景物固然增添了他山水诗的奇壮特色，但他的隐逸思想在诗中也有了发展。

岑参诗集最初由杜确于岑参殁后30年编成，凡8卷。杜确之后，有以下几种不同的岑诗版本流传：宋刊10卷本（今不传）、宋刊8卷本、明刊7卷本。后两种本子，分别为后人辗转翻刻，于是形成岑诗的两个不同的版本系统。今人陈铁民、侯忠义和刘开扬先后作有《岑参集校注》和《岑参诗集编年笺注》。

韦应物

中国唐代诗人。京兆杜陵（今陕西西安东南）人。曾祖父韦待价武后朝为相。玄宗天宝六载（747）左右，以门荫补三卫，为玄宗御前侍卫，常出入宫闱，扈从游幸。后进入太学读书。安史之乱起，避难至武功等地。代宗广德元年（763），为洛阳丞。后因惩办不法

军士，被讼去官，闲居洛阳同德寺。九年，为京兆府功曹参军，摄高陵县令。十三年，为鄠县令。次年，坐累改栎阳县令。辞归长安西郊沣上善福精舍。德宗建中元年（780），起为比部员外郎。次年，出为滁州刺史。兴元元年（784）冬，罢官，因贫不能归长安，暂居滁州西涧。贞元元年（785）秋，授江州刺史。三年，入朝为左司郎中。四年冬，出为苏州刺史。与顾况、秦系、孟郊、丘丹、皎然等均有唱酬往来。七年，罢职，寓居苏州永定寺。世称韦江州、韦左司或韦苏州。唐代有另一韦应物，与白居易、刘禹锡同时，曾任诸道盐铁转运、江淮留后、御史中丞等职。南宋沈作喆《补韦刺史传》将二韦应物混为一人，实误。

韦应物出身世家大族，早年沾染纨绔习气。安史之乱后，累经乱离，沉迹下僚，亲睹时弊，思想有很大的变化。他的《采玉行》《夏冰歌》等诗直接反映了被残酷剥削奴役的劳动者的苦难与不平，《广德中洛阳作》等诗描绘了战争给社会带来的巨大破坏，《汉武帝杂歌》

《贵游行》等批判锋芒直指生活奢侈糜烂的统治者，《鸢夺巢》等寓言诗揭露抨击了朝廷弊政和社会黑暗。他常常通过诗歌表达自己内心的愧疚不安，唱出了"邑有流亡愧俸钱"（《寄李儋元锡》）、"自惭居处崇，未睹斯民康"（《郡斋雨中与诸文士燕集》）等著名诗句。所以乔亿称赞他的诗"多恤人之意，极近元次山（元结）"（《剑溪说诗外编》）。

韦应物诗中最为人称道的是山水田园诗。后人每以"陶韦"或

韦应物诗《寄诸弟》插图（明万历集雅斋刻本《唐诗七言画谱》）

"王孟韦柳"并称，将他归入山水田园诗派。他自觉学习陶渊明，不但写了"慕陶"（《东郊》和《效陶彭泽》）的诗，而且有许多"不曰效陶，实自真意"（《郊居言志》刘辰翁评）的作品。如"临流意已凄，采菊露未晞。举头见秋山，万事皆若遗"（《答长安丞裴说》）等诗句，都充满着陶诗那种恬淡平和、真率自然的精神。和陶诗一样，他的诗歌洋溢着对自然、人生和亲友的热烈而真挚的情感。他的山水诗如《淮上即事寄广陵亲故》中的"秋山起暮钟，楚雨连沧海"，"独鸟下东南，广陵何处在"，在描绘江上暮雨钟声、独鸟归飞的景色之中，传达出对亲友的怀念之情。《寄全椒山中道士》一诗，虽情景比较幽寂，但诗中有人，语言凝练自然，在韦诗中别具境界。其他如"漠漠帆来重，冥冥鸟去迟"（《赋得暮雨送李胄》）、"寒雨暗深更，流萤度高阁"（《寺居独夜寄崔主簿》）、"绿阴生昼静，孤花表春余"（《游开元精舍》）、"乔木生夏凉，流云吐华月"（《同德寺雨后寄元侍御李博士》）等，写景优美细腻，

能传达出人所不易说出的感受。又如《幽居》："微雨夜来过，不知春草生。青山忽已曙，鸟雀绕舍鸣。"清新自然而饶有生意，兴寄深微。《滁州西涧》中的"春潮带雨晚来急，野渡无人舟自横"，写景如画，甚为后世称许。而《象西塞山》所写的"势从千里奔，直入江中断。岚横秋塞雄，地束惊流满"，则又显露了韦诗中雄豪的一面。他的《观田家》等诗反映了稼穑的艰难和农民的疾苦，描写了"仓廪无宿储，徭役犹未已"的景况，这又使他不同于王维和孟浩然，开启了张籍、王建乃至南宋范成大反映农民疾苦的田园诗作。

韦应物各体皆长，但以五言古体成就最高。风格恬淡闲远，语言简洁朴素，白居易称其"高雅闲淡，自成一家之体"（《与元九书》）。但韦诗也有秾丽秀逸的一面，所以宋濂说韦诗"一寄秾艳于简淡之中"（《答章秀才论诗书》）。韦应物的五言古体主要是学陶渊明，但是山水写景等方面，也接受了谢灵运、谢朓的影响。《四库全书总目》称其"源出于陶，而熔化于三谢，

故真而不朴，华而不绮。但以为步趋柴桑（陶渊明），未为得实"。此外，韦应物偶亦作小词。

韦应物原有集 10 卷，北宋王钦臣重加编定，题名为《韦苏州集》。后迭经刊刻，续有增补，今存南宋乾道刻本递修本《韦苏州集》10 卷、《补遗》1 卷。此外有南宋书棚本、明嘉靖华云刻本（改题《韦江州集》）等，均出自乾道本。南宋刘辰翁曾评点韦集，有明成化张习刻本、明刻朱墨套印本（附入白居易、高棅等人评语）。又有明刻刘辰翁校点、袁宏道参评《韦苏州集》5 卷本等。今人陶敏、王友胜有《韦应物集校注》（1998 年上海古籍出版社出版），孙望《韦应物诗集系年校笺》（2001 年中华书局出版）。

事迹见《唐诗纪事》《唐才子传》。孙望《韦应物事迹考述》、傅璇琮《唐代诗人丛考·韦应物系年考证》可参看。

孟 郊

中国唐代诗人。字东野。湖州武康（今浙江德清西）人。郡望平昌，先世及郊常居洛阳。父庭玢，任昆山尉时生郊。郊早年不遇，德宗贞元十二年（796）登进士第。十七年授溧阳尉，喜赋诗，废曹务，被减为半俸。元和元年（806），居长安，与韩愈等会合，联句作诗，竞奇抉奥。十一月二十一日，郑余庆为河南尹，奏为

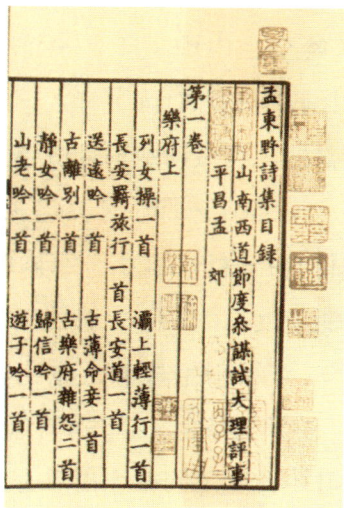

《孟东野诗集》（宋刻本）

水陆运从事，试协律郎，随郑赴任居洛。四年，母丧去职。九年，郑余庆节度兴元，奏为参谋，赴兴元至阌乡（今河南灵宝西北），暴疾卒。张籍私谥"贞曜先生"，韩愈作《贞曜先生墓志铭》。

孟郊性孤耿，一生穷困。其诗气骨端正，重炼字，思苦奇涩。尤长五古，为韩愈推重。《荐士》云："行身荐规矩，甘辱耻媚灶"；"横空盘硬语，妥贴力排奡"。晚唐张为《诗人主客图》列为"清奇僻苦主"。宋诗人苏轼贬之谓如"食小鱼""嚼空螯"（《读孟郊诗》二首）。元好问《论诗绝句》称"诗囚"，极贬之。事迹见华忱之校订《孟东野诗集》附年谱。有四库全书宋敏求编辑《孟东野诗集》。

白居易

中国唐代诗人。字乐天，号香山居士、醉吟先生。祖籍太原（今属山西）。

生平 白居易生于郑州新郑（今属河南）。自幼聪慧。少年时经历藩镇战乱，接触到民间疾苦。立志苦读。父死母病后，靠长兄白幼文微俸持家，生活艰难。唐德宗贞元十六年（800），进士及第。十八年（802），与元稹同时考中"书判拔萃科"。两人订交，约始于此，后在诗坛上齐名，并称"元白"。十九年春，授秘书省校书郎。元和元年（806），罢校书郎，撰《策林》75篇，对社会政治的重大问题提出治理方案。同年，中"才识兼茂明于体用科"，授盩厔（今陕西周至）县尉，《观刈麦》《长恨歌》作于此地。

元和二年（807）十一月，白居易被召入翰林。次年，授左拾遗，仍充翰林学士，积极参政，上

白居易墓（河南省洛阳市）

书论事。同时，写了大量的讽喻诗，推动了新乐府诗歌革新。元和六年，白居易因母丧居家，服满返京任太子左赞善大夫。元和十年六月，宰相武元衡被刺，白居易率先上疏请急捕凶手，却被以越职言事的罪名贬为江州（今江西九江）司马。

在江州，白居易写有著名的《与元九书》和长篇叙事诗《琵琶行》。他虽对政治失望，但没有辞官归隐，而是选择了"吏隐"之路，一边挂着闲职，一边在庐山盖起草堂，与僧朋道侣交游。他描写闲静恬淡境界、抒发个人情感的闲适诗和感伤诗多了起来，讽喻诗则比较少见了。元和十三年，改任忠州刺史。十五年，召还京，拜尚书司门员外郎，迁主客郎中、知制诰，进中书舍人。穆宗长庆二年（822）七月，出为杭州刺史。后又做过短期的苏州刺史。

文宗大和元年（827），拜秘书监。次年转刑部侍郎。自大和三年至武宗会昌六年（846），白居易在洛阳度过了生命的最后阶段。先后担任太子宾客、河南尹、太子少傅等职。会昌二年（842），以刑部尚书致仕。他在洛阳过着饮酒、弹琴、赋诗、游山玩水和"栖心释氏"的生活，时常与名诗人刘禹锡唱和，时称"刘白"。白居易病逝后葬于龙门香山琵琶峰，李商隐为其撰写墓志。

诗歌理论 白居易的思想综合儒、释、道三家。立身行事，则以儒家"穷则独善其身，达则兼济天下"为指导思想。无论穷和达，他都离不开诗。

他把诗歌比作果树，提出了"根情、苗言、华声、实义"（《与元九书》）的著名论点。情是诗的内容，言和声是诗的表现形式，义是诗的美刺等社会效果。他分析了诗歌创作中的情感活动，说："大凡人之感于事，则必动于情，然后兴于嗟叹，发于吟咏，而形于歌诗矣。"（《策林》六十九）又说："乐者本于声，声者发于情，情者系于政。"（《策林》六十四）认为情感活动并不是凭空产生的，而是缘起于社会生活中的"事"，密切联系于时代的"政"。

他继承中国古代比兴美刺的传

统诗论，十分强调诗歌的现实内容和社会作用。在元和初所写的《策林》中，就谈到采诗以补察时政的措施，接着又在《读张籍古乐府》《寄唐生》等诗中指出，文学创作"上可裨教化，舒之济万民；下可理情性，卷之善一身"，"非求宫律高，不务文字奇；惟歌生民病，愿得天子知"。以后，他创作新乐府诗时，一再强调"为君、为臣、为民、为物、为事而作，不为文而作"（《新乐府序》）。在江州司马任上所写的《与元九书》，是他论诗主张的系统化，其中也提出"文章合为时而著，歌诗合为事而作"。他的这些主张对于南北朝以来的绮靡诗风有补偏救弊之效，对大历以来诗坛上逐渐偏重形式的诗风也有针砭作用。

但白居易的诗歌理论建立在功用主义的传统诗教上，把诗歌的功用限定在过于狭小的范围里，而且过分强调诗歌的直白，并以此为标准来批判谢灵运、陶渊明、谢朓、李白等诗人，不免显得偏颇和狭隘，受到晚唐杜牧及宋代一些诗人的批评。

文学创作　白居易留下了近百万字的作品，其中诗歌约3000首，数量之多，在唐代诗人中首屈一指。长庆四年（824），他自编诗文集《白氏长庆集》，共50卷，其中诗分成讽喻、闲适、感伤和杂律四大类。以后又自编《白氏长庆集》后集、续集。

白居易的讽喻诗包括《新乐府》50首、《秦中吟》10首等代表作。这些诗篇广泛反映中唐时期社会生活的各个方面，描写现实的黑暗和人民的痛苦，对不合理的现象痛下针砭，如"地不知寒人要暖，少夺人衣作地衣"（《红线毯》）等，措辞激切，毫无顾忌，突破了儒家"温柔敦厚"诗教的框框。在表现形式上，多采用直赋其事的方法。

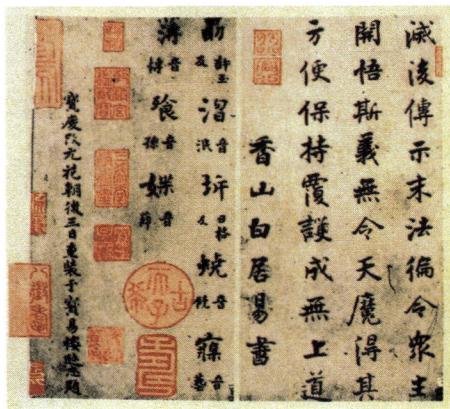

白居易书《楞严经》墨迹

《卖炭翁》《新丰折臂翁》《井底引银瓶》等，叙事完整，情节生动，刻画人情物态细致传神，对中国叙事诗的发展有积极贡献。有些则采用寓言托物的手法，借自然物象以寄托作者的政治感慨。

白居易的闲适诗多表现闲情逸致，抒写对归隐田园宁静生活的向往和洁身自好的志趣，如《夜雪》《晚望》等小诗颇有禅趣及直中见曲的回味。有一些描写自然景物和田园风光的佳作。如《观稼》《归田三首》写农村景象，质朴而清新。《游悟真寺诗一百三十韵》以游记文的笔法依次记叙五日游山的经过，令人有身临其境之感。

白居易的感伤诗写一时感触，而往往有深沉的寄托，如著名的叙事长诗《长恨歌》和《琵琶行》。《长恨歌》歌咏唐玄宗李隆基和贵妃杨玉环的婚姻爱情故事，情绪感伤，寄托深微。诗中既写"汉皇重色思倾国"，导致昏庸误国，讽意明显；更写"天长地久有时尽，此恨绵绵无绝期"，感伤二人的爱情真挚缠绵，流露出作者的同情。《琵琶行》通过一个擅奏琵琶的长安名

妓沦落江湖的不幸身世，寄托了自己政治上失意的苦闷。这两首长诗叙事曲折，写情入微，加以绘声绘色的铺排描写、多方面的气氛烘托以及流转和谐的韵律声调，艺术上达到很高成就。"童子解吟《长恨曲》，胡儿能唱《琵琶篇》"（唐宣宗李忱《吊白居易》），正说明这两首诗为大众所喜爱。清人赵翼指出，白居易"即无全集，而二诗已自不朽"（《瓯北诗话》卷四）。感伤诗中还有不少亲朋间酬赠的篇什，也都写得情真意切、朴挚动人。

杂律诗在白居易诗作中数量最多。其中有一些耐人寻味的抒情写景小诗，如《赋得古原草送别》《钱塘湖春行》《西湖留别》《暮江吟》《问刘十九》等，都以白描手法，寥寥几笔勾画出生意盎然的境界，历来脍炙人口。

元和之际，白居易和元稹以平畅自然、通俗浅切的诗风而独树一帜，他们倡导的社会政治诗及元和体，成为时人仿效的典范。他们的新乐府理论与创作实践，推动了新乐府诗歌革新。白居易诗歌的语言极炼如不炼，拙中见工巧。清人刘

熙载曾赞赏他的语言说："常语易，奇语难，此诗之初关也；奇语易，常语难，此诗之重关也。香山用常得奇，此境良非易到。"(《艺概·诗概》)宋代僧人惠洪《冷斋夜话》记叙白居易作诗令老妪都能理解的传说，不一定真有其事，而他的作品文字浅显，少用典故和古奥的词句，便于广大读者接受，则是有目共睹的事实。但过分强调通俗，也会影响诗歌的艺术性。对于他的诗风，自唐代本朝起就众说纷纭，褒贬不一，主要是他的相当一部分作品太露太直，缺少蕴藉含蓄的韵味和抑扬顿挫的气势，以致有人说他"俗"和"浅"。

但他的成功之作，多能做到"言浅而思深，意微而词显"(薛雪《一瓢诗话》)，在平易、切近的形式里蕴涵深远的思想情趣。晚唐的皮日休、聂夷中、陆龟蒙、罗隐、杜荀鹤，宋代的王禹偁、梅尧臣、苏轼、张耒、陆游，一直到清代的吴伟业、黄遵宪等，都在不同方面、不同程度上受到白居易诗风的启示。他议论直切、意境开阔的诗歌特点，直接影响了宋代以文为诗的新风气。此外，元、明、清历代剧作家中有不少人取白居易作品的故事为题材编写戏曲，如《长恨歌》演变为白朴的《梧桐雨》、洪昇的《长生殿》，《琵琶行》演变为马致远的《青衫泪》、蒋士铨的《四弦秋》等。白诗的词句也有很多被宋、元、明话本所采用。

诗歌以外，白居易的文章写得也很有特色。他在充翰林学士时，曾经一反用骈文写制诰的旧习，坚持用古文来起草诏书。他虽然不属于韩愈、柳宗元的文学团体，却以其创作的实践推动了散文的革新。他的《策林》75篇纵论天下大事，有些篇章如《决壅蔽》《使官吏清廉》《去盗贼》等，不仅内容切实、见解精辟，而且引古鉴今、析理深透、语言明快、词气说直，是议论文中的杰作。《为人上宰相书》和一系列论政事的奏状条分缕析、劲直剀切，开启了北宋王安石上书言事的先声。《与元九书》洋洋洒洒、夹叙夹议，是唐代文学批评的重要文献。《草堂记》《冷泉亭记》《三游洞序》《荔枝图序》等写景状物，旨趣隽永，又是优美的杂记小

品。白居易还积极参与新兴文艺样式——曲子词的写作。他的《忆江南》《浪淘沙》《花非花》《长相思》诸小令，为文人词的发展开拓了道路。

本集和研究资料 白居易生前自编的诗文集，经唐末动乱，抄本散乱，又经辗转刻写，已非原貌。现存最早的《白氏文集》是南宋绍兴年间（1131—1162）刻本，仅71卷，收诗文3600多篇（其中还羼入几十篇他人的作品），1955年文学古籍刊行社曾影印出版。明万历三十四年（1606），马元调重刻《白氏长庆集》71卷，与绍兴本基本相同。另有日本那波道园1618年的活字覆宋刻本（商务印书馆影印出版），分前、后集，内容也与绍兴本大体相同。清初汪立名刻有《白香山诗集》40卷，仅诗无文，其中包括辑佚而成的《补遗》2卷，并于原注外增加笺释。1979年中华书局出版顾学颉校点《白居易集》，以绍兴本为底本，参校各本加以订补；又编《外集》2卷，搜集佚诗佚文，并附白氏传记、白集重要序跋和简要年谱。1988年上海古籍出版社出版朱金城《白居易集笺校》，总结以前研究成果，订正了大量讹误，是较为完备的白氏诗文全集校注本。白居易作品生前已传入日本，日本现存白集作品古抄本在校勘方面日益受到重视。

新、旧《唐书》有白居易的本传，陈振孙、汪立名均撰有年谱。近人陈寅恪的《元白诗笺证稿》和岑仲勉的《白氏长庆集伪文》，对白居易的诗文多所考订。今人王拾遗有《白居易生活系年》，朱金城有《白居易年谱》。中华书局1962年出版陈友琴所编《古典文学研究资料汇编·白居易卷》，收集自中唐至晚清有关评论资料。另有日本花房英树所著《白居易研究》等，都是研究白居易的较重要的参考书籍。

李 绅

中国唐代诗人。字公垂。祖籍亳州谯县（今属安徽），后徙家润州无锡（今属江苏）。元和元年（806）进士。历官校书郎、国子助教。穆宗时为翰林学士。敬宗即位，遭李逢吉陷害，贬端州司马。武宗会昌二年（842）以淮南节度使入为中书侍郎、同中书门下平章事，后复出为淮南节度使。

李绅与白居易、元稹交游甚密，他们一起倡导了"新乐府"。元稹《和李校书新题乐府十二首》序说："予友李公垂，贶予乐府新题二十首，雅有所谓，不虚为文。予取其病时之尤急者，列而和之。"这20首新题乐府，元稹和了12首。白居易本着这个精神，写诗50首，改名《新乐府》。李绅20首新题乐府已失传。他的《古风》2首，题一作《悯农》，铸为格言，传诵不衰。67岁时自编其诗集为《追昔游诗》，用各种体裁追叙平生的遭遇和游历，抒发怀旧之情与盛衰之感，其中有很多是回忆当年漫游各地的写景之作。明代胡震亨称其"揽笔写兴，曲备一生穷泰之感，亦令披卷者代为怃然"（《唐音癸签》）。

《全唐诗》录其《追昔游诗》三卷、《杂诗》一卷，合为四卷。今人王旋伯有《李绅诗注》。事迹见沈亚之《李绅传》（《全唐文》卷七三八）和《新唐书》《旧唐书》本传。今人卞孝萱撰《李绅年谱》及傅璇琮主编《唐才子传校笺》，可参考。

元 稹

中国唐代文学家。字微之，别字威明。河南洛阳人，为北魏鲜卑族拓跋部后裔。德宗贞元九年（793）以明经擢第。十五年，初仕于河中府，十九年登书判拔萃科，授校书郎，娶名门女韦丛。数年后，妻亡。宪宗元和元年（806），登才识兼茂明于体用科，授左拾遗，后得宰相裴垍提拔为监察御史，出使剑南东川，劾奏不法官吏，为此得罪宦官权贵。五年，贬为江陵府士曹参军。

元和十年一度回朝，不久出为

通州司马，转虢州长史。这一时期诗作甚多，与白居易等酬唱频繁，其古题乐府十九首、《连昌宫词》作于此时。十四年，再度回朝任膳部员外郎。次年得崔潭峻援引，擢祠部郎中、知制诰，迁中书舍人，充翰林学士承旨。长庆二年（822），拜平章事、居相位3月。因李逢吉倾轧，出为同州刺史，改浙东观察使。大和三年（829），入为尚书左丞，又出为武昌军节度使，卒于镇所。

元稹的创作，以诗歌成就最大。与白居易齐名，并称"元白"，同为新乐府创作的倡导者。元稹对杜甫的诗歌推崇备至，他的《唐故工部员外郎杜君墓系铭并序》是后世李杜优劣争论的源头。乐府诗和长篇叙事诗在他的作品中占重要地位。他率先应和了李绅所作的《乐府新题》，作《和李校书新题乐府十二首并序》。长篇叙事诗《连昌宫词》借宫边老翁之口，追叙安史之乱前后的政治兴衰征象及其原因，旨含讽喻。此诗与白居易《长恨歌》齐名，曾被赞为"铺写详密，宛如画出"（何良俊《四友斋丛说》）。另

一些小诗，如《行宫》（"寥落古行宫，宫花寂寞红。白头宫女在，闲坐说玄宗。"）则"语少意足，有无穷之味"（洪迈《容斋随笔》）。

元稹诗中极富特色的是艳诗和悼亡诗。他擅长写男女爱情，描述细致生动。《莺莺诗》《杂忆五首》《会真诗三十韵》等，都是追念少时情人之作。在诗歌形式上，元稹是次韵相酬的创始者。他在《上令狐相公诗启》中说："稹与同门生白居易友善……往往戏排旧韵，别创新辞，名为次韵相酬。"他的《酬翰林白学士〈代书一百韵〉》《酬乐天〈东南行诗一百韵〉》均用白诗原韵。他的悼亡诗多为悼念其妻韦丛而作，情真意挚，颇能感人。流传最广的《遣悲怀三首》，一往情深，如话家常，可称悼亡诗中的翘楚。

元稹所作传奇《莺莺传》，又名《会真记》，叙述张生与崔莺莺的爱情悲剧，情节生动，文笔优美，刻画细致。后世文人用它的故事和人物演绎出许多戏曲，如金代董解元的《西厢记诸宫调》和元代王实甫的《西厢记》等。

关于元稹的评价，后世多与白居易联系在一起，大抵有褒有贬。赵翼认为："中唐诗以韩、孟、元、白为最。韩、孟尚奇警，务言人所不敢言；元、白尚坦易，务言人所共欲言……此元、白较胜于韩、孟。"至于元、白相比较，"则白自成大家，而元稍次"（《瓯北诗话》）。持论较为公允。

元稹生前曾自编诗集、文集和与友人之合集多种。其本集共100卷，题为《元氏长庆集》。宋时只存60卷。1956年文学古籍刊行社据杨循吉从陆士修借抄影印本刊行。事迹见新、旧《唐书》本传。陈寅恪有《元白诗笺证稿》、卞孝萱有《元稹年谱》、王拾遗有《元稹论稿》可参看。

贾 岛

中国唐代诗人。字浪仙。范阳幽都石楼村（今北京房山）人。早年出家为僧，法名无本。德宗贞元中期出游，入洛阳佛寺。投孟郊，入韩（愈）门，弃佛从儒，应举。但十年不第，作《病蝉》诗讥刺当政。文宗开成二年（837），授长江主簿，称贾长江。三年职满迁普州司仓参军，转司户参军，未授，武宗会昌三年七月二十八卒于官。与张籍、刘叉、姚合、马戴为深交。

贾岛一生穷窘而诗有成。韩愈称"狂词肆滂葩"，孟郊云"诗骨耸东野"。五律高古，重炼字句，有"推敲"之典。有警句，如"鸟宿池边树，僧敲月下门"（《题李凝幽居》）；"秋风生渭水，落叶满长安"（《忆江上吴处士》）。自谓"二句三年得，一吟双泪流"（《题诗后》）的"苦吟客"。诗瘦硬狂涩，奇僻清峭，远继杜甫，近学孟（郊）、韩（愈），自成一派。苏轼谓"郊寒岛瘦"，张为《诗人主客图》列其为"清奇雅正"升堂七人之一。

曾自编其诗，有《长江集》10卷。事迹见李嘉言《长江集新校》、齐文榜《贾岛集校注》。

李 贺

中国唐代诗人。字长吉，福昌（今河南宜阳）昌谷人，后世称他李昌谷。祖籍陇西，自称"陇西长吉"。其父晋肃，曾为陕县令，元和初卒，其家没落。李贺7岁能辞章，15岁工乐府，与李益齐名。元和三年至四年间（808—809），李贺往洛阳谒韩愈。据说，韩愈、皇甫湜曾一同回访，贺写了有名的《高轩过》诗。五年冬，李贺应举，与贺争名者以其父名晋肃，"晋""进"同音，就说他应避父讳不举进士。韩愈作《讳辨》鼓励李贺应试，但李贺终不得登第。李贺后来做了三年奉礼郎，郁郁不平。在长安时，居崇义里，常骑驴出游荒山古墓间觅诗，每得诗句便记下投入锦囊之中，归家后再续成篇，故其母常说"是儿要当呕出心乃已尔"。八年春，李贺以病辞官回昌谷。约半年后，又去长安。他在长安3年多，认识了社会，扩大了眼界，与韩门弟子多有交往，其创作旺盛，成就也高。元和九年，李贺赴潞州（今山西长治）依张彻，后回昌谷。他一生体弱多病，27岁卒。

李贺诗有深刻的现实内容：《秦王饮酒》讽刺宫廷酣歌宴舞的逸乐生活；《昆仑使者》《仙人》批判皇帝求仙图长生；《雁门太守行》《猛虎行》抨击藩镇割据，歌颂削平叛乱；《荣华乐》《嘲少年》揭露贵族权要飞扬跋扈、骄奢淫逸及必然毁灭的下场；《吕将军歌》《感讽》讽刺宦官专权、贤才失志；《老夫采玉歌》《宫娃歌》等反映百姓、宫女等下层民众的不幸遭遇。李贺仕途困厄，疾病缠身，《开愁歌》《日出行》《苦昼短》等诗抒写失意之怀，悲慨人生短促，但他毕竟有积极用世的政治怀抱，故在他的奇崛想象与诞幻古怪的诗语里也有"世上英雄本无主"（《浩歌》）的英雄气概和"男儿何不带吴钩，收取关山五十州"（《南园》之五）的愿望与雄心。

李贺对声律特别敏感，在《李凭箜篌引》《听颖师弹琴歌》里以

"石破天惊逗秋雨""暗佩清臣敲水玉"的奇妙想象和形象比喻，描绘了乐工的高超技艺和动人的乐声，别开唐诗生面，成为以诗写音乐的名篇。他的咏物诗，如《杨生青花紫石砚歌》《马诗》，借物言怀，有强烈的感染力。

李贺诗"喜用鬼字、泣字、死字、血字"（王思任《昌谷诗解序》），多鬼怪之诗，阴冥之境，森怖之气，拗仄词韵。李贺诗中"死"字达20多个，"老"字50多个，此外，冷、寒、愁、苦、泣、古、鬼等字处处可见，反映他虽年轻却因世情压抑、疾病折磨，感觉好景不长、时光易逝的感伤情绪。如"青狸哭血寒狐死"（《神弦曲》），"鬼灯如漆点松花"（《南山田中行》）等句是其代表。杜牧《李长吉歌诗序》云："梗莽邱陇，不足为其怨恨悲愁也"，"牛鬼蛇神，不足为其虚荒诞幻也"，是对李贺此类诗的总评。故宋人钱易、宋祁等称李贺为"鬼才"。严羽《沧浪诗话·诗评》云："太白天仙之词，长吉鬼仙之词耳。"总之，李贺诗想象丰富奇特，惨淡经营，句锻字炼，色彩瑰丽。用奇险狠重之语，比喻新鲜，体物逼真。

历代诗论家对李贺的诗有褒有贬。赞之者如高棅称他为"天纵奇才"（《唐诗品汇》），姚文燮以为他"力挽颓风"（《昌谷集注凡例》）；贬之者则说是"牛鬼蛇神太甚"（张表臣《珊瑚钩诗话》），甚至认为是"诗之妖"（潘德舆《养一斋诗话》）。

李贺曾自辑其诗为四编授予沈子明，收诗223首。北宋以来流传的《李贺集》4卷本都是219首，且编次较乱。另有5卷本，收诗242首，今存汲古阁校刻的北宋鲍钦止本和董氏诵芬室及蒋氏密韵楼两家影刻的北宋宣城本，集名为《李贺歌诗编》。又有《续古逸丛书》影印的南宋本，集名为《李长吉文集》。注本最早的是南宋吴正子注，后有王琦《李长吉诗歌汇解》。还有陈本礼《协律钩玄》、黎简评本和吴汝纶评注本。上海古籍出版社1977年出版有《李贺诗歌集注》，汇王琦《汇解》、姚文燮注及方世举批注之全。事迹见李商隐《李贺小传》，《新唐书》《旧唐书》本传及朱自清《李贺年谱》、钱仲联《李贺年谱会笺》。

杜 牧

中国唐代文学家。字牧之。京兆万年（今陕西西安）人。其祖父杜佑是中唐有名的宰相和史学家。杜牧小时候就受祖父经世致用之学影响，博览群籍。在他为官时更是于"治乱兴亡之迹，财赋兵甲之事，地形之险易远近，古人之长短得失"（《上李中丞书》），多所探究，尤喜谈兵论政。文宗大和二年（828），杜牧登进士第，又中贤良方正直言极谏科，授弘文馆校书郎，试左武卫兵曹参军。不久离开长安，任江西观察使沈传师府中幕僚，后转入宣歙观察使幕。七年，应牛僧孺之辟，任淮南节度府推官，后转掌书记。九年，回长安任监察御史，分司东都。后因弟病乞假免官，后复入宣歙幕为团练判官。文宗开成三年（838）冬，回长安任左补阙、史馆修撰，转膳、比二部员外郎。武宗会昌二年

（842），出为黄州刺史，转池、睦二州刺史。宣宗大中二年（848），回长安任司勋员外郎、史馆修撰，后转吏部员外郎。四年秋，出为湖州刺史。次年，又回朝任考功郎中、知制诰。官终中书舍人。晚年居长安城南樊川别墅，后世称他为"杜紫微""杜樊川"。六年十二月，病卒。

杜牧为晚唐著名作家，诗、赋、古文均擅长，书画亦精。他论文主张"以意为主，以气为辅，以辞采章句为之兵卫"（《答庄充书》）。自言"苦心为诗，本求高绝，不务奇丽，不涉习俗，不今不古，处于中间"（《献诗启》）。他推崇李白、杜甫、韩愈、柳宗元，所作亦受他们影响，但又能形成自己的独特风貌，洪亮吉称他"文不同韩、柳，诗不同元、白，复能于四家外诗文皆别成一家"（《北江诗话》）。

杜牧诗歌成就尤高，与李商隐齐名，并称"小李杜"。其五言古诗熔叙事、抒情、议论于一炉，纵横驰骋，感慨苍劲。代表作如《感怀诗》《雪中书情》《郡斋独酌》等，或直议朝政，或感时愤世，寄寓

其爱国与怀才不遇之情。《杜秋娘诗》《张好好诗并序》，感慨女子的坎坷不幸遭遇，并借以抒发自己的落拓失意之情，为人传诵。其七言律绝，善于写景咏物抒情，文词清丽，情韵跌宕，能于拗折峭健之中，时见风华流美之致，气势豪宕而情韵缠绵。如《江南春绝句》《泊秦淮》《早雁》《山行》《九日齐山登高》《长安杂题六首》《题宣州开元寺水阁》等均脍炙人口。咏史绝句，如《赤壁》《题乌江亭》《过华清宫绝句三首》《题商山四皓庙》等，好为翻案文字，以议论见长，警拔精悍。其《遣怀》《赠别》等涉及冶游艳情之作，则是诗人放浪不羁、才人诗酒风流的性格与生活的写照。总之，其诗风格独特，既风华流美而又神韵疏朗，气势豪宕而又情致婉约，故前人评其诗"雄姿英发"（刘熙载《艺概》）、"俊爽"（胡应麟《诗薮》）。

杜牧的文章在晚唐也自成一家。他关心国事，力主削平叛镇，收复河湟，大有以天下苍生为己任之气概。如《罪言》《原十六卫》《守论》《战论》《上李司徒相公论用兵书》等篇，即可见其经世济时之心，立论精审，颇有纵横捭阖之气势。其《阿房宫赋》，意在规讽唐敬宗"大起宫室，广声色"，把散文笔法、句式引入赋中，熔叙事、抒情、议论于一炉，为赋体杰作，对后来赋体的发展有重要影响。

此外，杜牧手书《张好好诗并序》真迹尚存，叶奕苞称其"潇洒流逸，深得六朝人风韵。"（《金石录补·唐杜牧赠张好好诗》）米芾亦称其画"精彩照人"（《画史》），

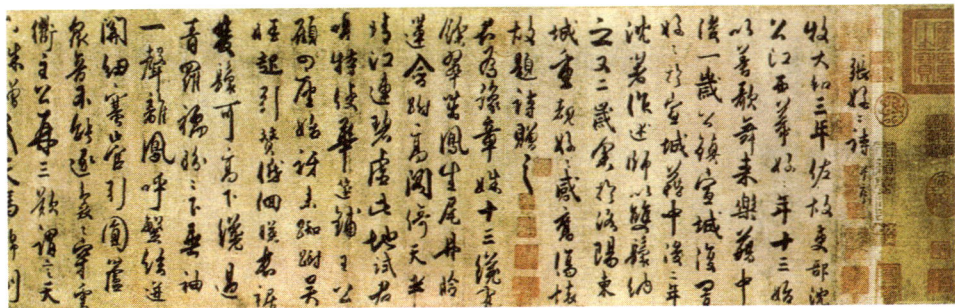

杜牧《张好好诗并序》墨迹

可惜今已不存。

有《樊川文集》20卷，由其甥裴延翰编，收诗文450篇。宋以后又有《樊川外集》《樊川别集》等，然其中混有他人之作。今通行本有上海古籍出版社校本《樊川文集》及清人冯集梧《樊川诗集注》。杜牧曾为《孙子》13篇作注，收入《十一家注孙子》中。杜牧事迹见新、旧《唐书》本传、《唐才子传校笺》，今人缪钺有《杜牧传》《杜牧年谱》。

李商隐

中国唐代诗人。字义山，号玉谿生、樊南生。怀州河内（含今河南沁阳和博爱）人。自祖父起迁居郑州荥阳。父李嗣曾为地方官。

生平　李商隐10岁时，父死，侍母归郑州。后数年间，与弟羲叟在堂叔李某处读书学文，16岁即作《才论》《圣论》，以古文为士大夫所知。文宗大和三年（829），天平军节度使令狐楚爱其才，召其入幕，令儿子令狐绹与他交游，并向其传授骈体章奏作法。后令狐楚调任太原，李商隐亦随往。在此期间，曾数次应举，均落第。文宗开成二年（837），由令狐绹力荐，登进士第。同年冬，令狐楚死。次年春，李商隐入泾原节度使王茂元幕，后娶王女为妻。当时，分别以牛僧孺、李德裕为首的两大官僚集团斗争激烈。令狐楚父子属牛党，王茂元则接近李党，李商隐转依王茂元门下本非出于党派意识，但令狐绹及牛党中人，却认为他"背恩""无行"（《旧唐书·李商隐传》），渐渐疏远和排斥他。李商隐陷入政治斗争的夹缝之中，成了牺牲品。这年春天，李商隐应博学宏词试，本已录取，复审时被中书省内有势力的人除名。

开成四年（839），李商隐再试书判拔萃科，始为官，任秘书省校书郎。不久即调补弘农尉，在县尉任上又因"活狱"触忤上司，几乎被罢官。开成五年冬，求调他任。武宗会昌二年（842），李商隐再应书判拔萃科考试合格，被任命为秘书省正字。任职仅半年，因母丧居家，三年服满后复职。会昌六年三月，武宗卒，宣宗即位。宣宗的政治措施与武宗朝相反，会昌年间在平藩、灭佛以及外交方面卓建功勋的宰相李德裕被贬死崖州，李党的郑亚、李回等亦纷遭贬逐，而牛党的白敏中、令狐绹则先后为宰相。李商隐此时没有向牛党靠拢，而是跟着被贬的郑亚去了桂州（今广西桂林），应是表明了他同情李党的政治态度。此后，郑亚被再贬，李商隐离开桂幕，除短期在京兆府任职外，先后在徐州卢弘止、梓州（今四川三台）柳仲郢府中做幕僚。其间偶回长安，获国子博士之职，时间很短。大中五年去梓州幕府前，其妻王氏病故，使他精神上遭受沉重打击。大中九年（855）归长安，次年由柳仲郢荐为盐铁推事，曾游江东。十二年冬，因病返郑州闲居，大约在此年或稍后卒。

文学创作及成就 李商隐胸怀"欲回天地"、力促唐王朝中兴的志向，但身处晚唐已无实现抱负的可能。他一生遭际坎坷，备受压抑，以依人作幕、代草文书为业。其骈体章奏与哀诔之文因形式瑰丽、情文并茂而在当时极负盛名，曾自编为《樊南甲集》《樊南乙集》，今尚存300多篇。几篇咏物短赋，实寓讽刺官场和社会丑恶现象之意。他的其他文章多有愤世嫉俗的情绪和反传统意识，如他认为"是非系于褒贬，不系于赏罚；礼乐系于有道，不系于有司"（《与陶进士书》），认为"夫所谓道，岂古所谓周公、孔子者独能邪"（《上崔华州书》），还为元结的"不师孔子"辩护，质问"孔子于道德仁义外有何物"（《元结文集后序》）。

李商隐是晚唐杰出诗人。其诗今存约600首，按内容可大致分为两类：政治抒情诗和个人生活抒情诗。在艺术上，他的诗歌广泛地吸收、熔铸屈原、阮籍、李白、杜甫和南朝乐府、齐梁歌诗以及韩愈、李贺等人的经验，形成了他独特的"寄托深而措辞婉"（叶燮《原诗》）和朦胧多义的风格。其诗各体俱有佳作，尤以五七言律绝成就为高，七言律诗的造诣更是上追杜甫而独步晚唐。

李商隐的政治抒情诗多与唐文宗大和初至宣宗大中末的政治事件、政治人物和现象有关。如《隋师东》，即有感于朝廷讨伐叛镇久而无功、军政窳败而作。《有感二首》和《重有感》，记述大和末震动朝野的"甘露事变"，对宦官幽禁文宗、屠杀士民的暴行痛加抨击，更委婉批评唐文宗用人不当。《寿安公主出降》对藩镇割据和朝廷的软弱深表忧虑。长篇史诗《行次西郊作一百韵》，形象而全面地描述了唐王朝200余年由盛转衰的过程，并阐发"又闻理与乱，系人不系天"的观点。此诗的规模和思想深度，均堪与杜甫的《北征》媲美。大中年间，李党失势，李商隐反潮流地作《李卫公》、《漫成五章》（之四、之五）、《旧将军》诸诗，对会昌宰相李德裕给予高度评价，寄予极大同情。咏史诗也是李商隐政治诗的重要部分。他敢于直咏本朝史事，如《龙池》《马嵬》讽刺唐玄宗的荒淫误国。他还善于借前代史事讽喻现实，像《瑶池》《汉宫词》《贾生》《南朝》《齐宫词》《北齐二首》《陈后宫》《隋宫》等，

或讥求仙，或刺淫逸，或嘲不能用贤，都是意味深长的名篇。这些作品把内容的尖锐辛辣、措辞的委婉深曲、抒情的沉挚和议论的隽永相结合，很受历代诗评家赞赏。由于深感危机四伏，颓势难挽，李商隐的政治抒情诗中常常弥漫着无望和迷惘，他的许多诗篇仿佛是预先为唐王朝唱出的挽歌。

李商隐的个人生活抒情诗，或感事咏怀（如《安定城楼》《任弘农尉献州刺史乞假归京》），或即景咏物（如《回中牡丹为雨所败二首》《蝉》《流莺》），都贯穿着伤叹一生坎坷不幸的感情线索，而又能提升到对时世的批判和对高洁人品的歌赞。而对于亲情、友情，特别是爱情的讴歌，则是此类诗歌中感染力最强的部分。《骄儿诗》以柔爱之笔写儿子衮师的娇憨聪慧和自己对儿子的热望；《宿骆氏亭寄怀崔雍崔衮》《夜雨寄北》等将对朋友和亲人的悠长思念化入萧瑟景物的描绘和凄清氛围的渲染中，情景融合无间。爱情诗是他最有代表性的作品，有早年模仿李贺诗风的《河内》《河阳》《燕台》和模仿南朝

乐府民歌的《柳枝诗五首》，以及那些以女冠、女仙为歌咏对象的优美七律，还有独创一格的《无题》组诗。其中许多诗作的本事不易索解，但它们所传达的缠绵浓烈的感情，足以引起千秋读者的共鸣，尤其是那些新颖别致的意象、纤秾明丽的诗句，更是脍炙人口，流传不衰。如"身无彩凤双飞翼，心有灵犀一点通"（《无题》），仅 14 个字，把那种受阻隔的痛苦和心有默契的喜悦，以及愈受阻隔愈感默契可贵和愈有默契愈感阻隔难堪的矛盾心理揭示得极其动人。再如"春心莫共花争发，一寸相思一寸灰"（《无题》），表面上写绝望的悲哀，骨子里却又透露了绝望掩盖下相思如春花萌发、不可抑制的炽热情怀，显得分外沉痛而富有感染力。寄内和悼亡诗是另一类型的爱情诗，前者如《对雪二首》，后者如《房中曲》《西亭》《夜冷》等，均以深情绵邈见长。爱情、悼亡以及对坎坷身世的自我感伤和对唐王朝衰亡的预感，在李商隐诗中往往融渗胶结难以分辨。他的诗多致力于婉曲见意，或以景衬情，以虚写实，朦胧隐约，或借古讽今，托物喻人，寄兴深微而寓意空灵，索解无端而又余味无穷。同时也使其无题诗和类似无题诗的《锦瑟》等诗颇为难解，而这恰是其永恒魅力之所在。

李商隐在晚唐诗坛与杜牧、温庭筠齐名，人称"小李杜""温李"。历代受其影响的诗人颇多，如晚唐的唐彦谦、韩偓、崔珏，宋初的西昆诸人及贺铸、晏几道、秦观等词家，元末的杨维桢，明代的杨基、高启、程嘉燧、王彦泓，清代的黄景仁、孙原湘、陈文述、樊增祥等。

本集及研究资料 李商隐于新、旧《唐书》中均有传。《宋史·艺文志》记载其著作多种，但原书均佚，今所见诗文集为后世搜集整理所得。其诗集初由宋人编集，后历有增补。为其诗作注，亦自宋人始，然宋注已佚。明、清两代新注不辍，尤以清人成绩可观，较著名的有朱鹤龄、程梦星、姚培谦、屈复和冯浩的笺注。李商隐文散见于《文苑英华》《唐文粹》《全唐文》等书，清人据以搜集重编，有徐树毂、徐炯《李义山文集笺

注》，冯浩《樊南文集详注》和钱振伦《樊南文集补编》等。今人刘学锴、余恕诚《李商隐诗歌集解》《李商隐文编年校注》则为近年集大成的研究成果。

黄庭坚

中国北宋诗人、书法家。字鲁直，号山谷，又号涪翁。洪州分宁（今江西修水）人。卒于宜州（今广西宜州）。他深受苏轼影响，与张耒、晁补之、秦观同称"苏门四学士"。

生平 黄庭坚自幼好学，博览经史百家。其父黄庶是专学杜甫的诗人，舅父李常是藏书家。年十七随舅氏于淮南以孙觉为师。一生承受儒学思想的影响，对禅学也濡染较深。治平四年（1067）进士及第，调汝州叶县（今属河南）尉。熙宁五年（1072），除北京（今河北大名）国子监教授。元丰元年

（1078），寄书苏轼并附所作《古风》诗2首，苏轼称赏之，声名始盛。三年，知吉州太和县（今属江西），迁著作佐郎。四年，除集贤校理。七年，移监德州德平镇。哲宗即位，以秘书省校书郎召。元祐元年（1086），除《神宗实录》检讨官。四年，为集贤校理。六年，实录成，擢起居舍人。八年，除秘书丞，兼国史编修官。绍圣元年（1094），哲宗亲政，出知宣州，改鄂州。章惇、蔡京与其党论劾所编实录多诬枉，二年贬涪州（今重庆涪陵）别驾，黔州（今重庆彭水）安置。元符元年（1098），移戎州（今四川宜宾）。徽宗即位，起知太平州，至州9日而罢，提举玉隆观。与宰执赵挺之有隙，湖北转运判官承赵风旨，指斥所作《荆南承天院记》为幸灾谤国，崇宁二年（1103）除名，羁管宜州。四年卒于贬所。

文学成就 黄庭坚主张文章诗歌"应规模远大，必有为而后作"（《王定国文集序》），但他又不赞同苏轼那些嬉笑怒骂，敢于讥刺社会的文章，批评"东坡之文妙天下，

其短在好骂，慎勿袭其轨也"（《答洪驹父书》）。认为"诗者人之情性"，"非强谏诤于庭，怨愤诉于道，怒邻骂座之为也"（《书王知载〈胸山杂咏〉后》）。他倡导诗学杜甫、文学韩愈，强调诗人应当博学，认为"老杜作诗，退之作文，无一字无来处，盖后人读书少，故谓韩、杜自作此语耳"。同时又提倡融会古人成句入诗，"虽取古人之陈言入于翰墨，如灵丹一粒，点铁成金"（《答洪驹父书》）。他认为"诗意无穷，而人之才有限，以有限之才追无穷之意，虽渊明、少陵不得工也"，因此他提出"不易其意而造其语，谓之换骨法"，"窥入其意而形容之，谓之夺胎法"（《冷斋夜话》卷一）。这些主张对江西诗派影响巨大。对理与辞的关系，他肯定"以理为主，理得而辞顺"，认为"好作奇语，自是文章病"，"无斧痕，乃为佳耳"（《与王观复书》），"不雕而常自然"（《苏李画枯木道士赋》），主张"矢诗写予心，庄语不加绮"（《次韵定国闻苏子由卧病绩溪》）。还认为"文章最忌随人后"（《赠谢敞王博喻》），"自成一家始逼真"（《题乐毅论后》），矢志在诗歌上"独辟门户"。

黄庭坚一生非常推崇杜甫，尤其推崇杜甫诗歌忧国忧民的忠义之气，因此在他的诗歌中对当时的社会现实有较多反映，以诗歌表达对民间疾苦的同情。如《流民叹》记述河北连续遭受灾害，百姓流离失所的悲惨情景，对执政者不能采取有效的措施提出批评："祸灾流行固无时，尧汤水旱人不知。桓侯之疾初无证，扁鹊入秦始治病。"他关心国家的边备，对宋王朝弃地纳币，不修边备深感忧虑："百年弃疆王自直，万金捐费物皆春"（《和谢公定河朔漫成八首》）。他称赞王安石"真儒运斗枢"（《奉和王世弼寄上七兄先生用其韵》），称颂其新学"荆公六艺学，妙处端不朽。诸生用其短，颇复凿户牖"（《奉和文潜赠无咎》）。他甚至还提出了消弭

西安碑林黄庭坚手迹石刻拓片

党争的看法："人材包新旧，王度济宽猛"（《次韵子由绩溪病起》）。这种包容豁达的态度都展现出他超迈的政治见识。

但总的说来，上述作品在黄诗中所占比例甚小，他写得最多最好的还是一些写景、咏物、抒怀、酬唱、题画的诗篇。像抒发羁旅行役苦闷的《早行》《冲雪宿新寨忽忽不乐》，表现洒脱襟怀的《登快阁》，怀念友朋的《寄黄几复》，怀念故园的《夏日梦伯兄寄江南》，描绘江南胜景的《雨中登岳阳楼望君山》，题杜甫画像的《老杜浣花溪图引》，无不笔酣墨畅，而又意境清远，情意真切，极富韵味。

黄庭坚在艺术上取径杜、韩，力避滑熟，而以生涩瘦硬为特色，立意曲深，富有思致，耐人寻绎；章法细密，线索深藏，起结无端，出人意表；讲求点铁成金之法，擅长运用典故，下语奇警，使人惊异，所谓"用一事如军中之令，置一字如关门之键"（《跋高子勉诗》），只字半句不轻。

在语言上，"洗尽铅华，独标

隽旨，凡风云月露与夫体近香奁者，洗剥殆尽"（陈丰《辨疑》）。其诗歌字锻句琢，故多精警之句，"翩翩佳公子，为政一窗碧"（《咏竹》），"桃李春风一杯酒，江湖夜雨十年灯"（《寄黄几复》），"桃叶柳花明晓市，荻芽蒲笋上春洲"（《次韵盖郎中率郭郎中休官》），"旅床争席方归去，秋水黏天不自多"（《赠陈师道》），都是诗眼灵动、字字传神的名句。他喜欢用拗律险韵，以此来达到格韵高绝的效果。其近体律诗竟有近半数属于拗体，元人孙瑞谓"有押韵险处，妙不可言"。

黄庭坚这些翻新出奇的诗法矫正了晚唐西昆的熟滑绮靡，形成了以瘦硬峭拔为主调，而兼有老朴沉雄的独特诗风。但讲求过度也成了他诗歌的弊端，金人王若虚云："山谷之诗有奇而无妙，有斩绝而无横放，铺张学问以为富，点化陈腐以为新，而浑然天成、如肺肝中流出者不足也。此所以力追东坡而不及欤！"（《滹南诗话》）但这些缺失仅仅是黄庭坚诗中的微瑕，他的大量诗歌历来为人所盛赞，具有很大的影响，与苏轼并称"苏黄"，后人尊奉他为江西诗派开山之祖，直至清代仍有不少人学习继承其创作手法。

在宋代即有人将黄庭坚词与秦观并称，有"秦七黄九"之誉（《后山诗话》），但是黄词的成就实不如秦。他早年的部分作品接近柳永，多写艳情，甚至流于猥亵。他有一些词杂用怪字俚语，字面生涩。然其多数词仍以清新洒脱见长，时有豪迈气象，如〔念奴娇〕"断虹霁雨"、〔定风波〕"万里黔中一漏天"均为贬官时所作，既有傲兀不羁的性格，又有随遇而安的旷达情怀。〔浣溪沙〕"新妇矶头眉黛愁"描写山光水色，以人喻物，更是"有声有色，有情有态，笔笔清奇"（《蓼园词选》）。至于"春未透，花枝瘦，正是愁时候"（《蓦山溪》）、"风前横笛斜吹雨，醉里簪花倒著冠"（〔鹧鸪天〕）、"山泼墨，水挼蓝，翠相挼"（〔诉衷情〕）、"落日塞垣路，风

劲戛貂裘"（〔水调歌头〕），等等，其写景抒情或清隽秀丽，或气势豪壮，极为时人称赏。

黄庭坚的散文在当时也为人所重。他的各体文章成就不一，南宋杨万里极为推崇黄庭坚小简，有"本朝唯山谷一人"之誉（《怀古录》卷下）；明人何良俊也认为其小文甚佳，往往蕴藉有理趣。他的散文也有过分求奇求巧的毛病，因此朱熹批评他"一向求巧，反累正气"（《朱子语类》卷一三九）。

黄庭坚还工书法，对书法艺术有重要见解。他强调从精神上继承优秀传统，强调个性创造，重心灵、气质对书法创作的影响；在风格上反对工巧，强调生拙。他兼擅行、草。行书凝练有力，结构奇

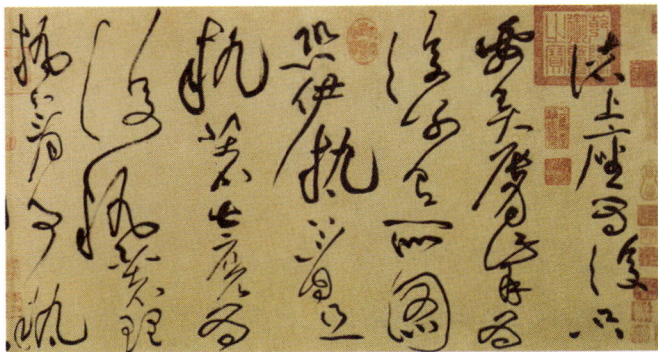

黄庭坚草书《诸上座帖》局部

101

特；草书单字结构奇险，章法富有创造性。形成遒劲清瘦，纵横奇倔的特殊魅力，而又不失轨度。与苏轼、米芾、蔡襄被称为北宋书法四大家。

作品版本及注本 黄庭坚的著述，常见的有《豫章先生文集》30卷，诗文兼收，有《四部丛刊》本；《山谷全集》39卷，只收诗赋，宋任渊、史容等笺注，有《四部备要》本。另有清同治重刊《山谷全书》，乾隆庚子刊《豫章先生遗文》。2001年四川大学出版社出版有《黄庭坚全集》。文集重要笺注本有南宋任渊《黄太史精华录》8卷，含诗赋铭赞6卷、杂文2卷，现存明刊本。诗集重要笺注本有任渊《山谷内集诗注》20卷、史容《外集诗注》17卷、史季温《别集诗注》2卷，现存绍定五年刊本（残卷）、元刊本、明刻本、清乾隆间谢启昆校刊本、《四库全书》本、日本翻刻宋刊本等。黄庭坚的词在宋代时已有《山谷词》1卷（《直斋书录解题》卷二十一），现存黄丕烈校宋本、明嘉靖刻本、毛晋汲古阁刊本、《四库全书》本，龙榆生

有《豫章黄先生词》点校本。

陆　游

中国南宋诗人。字务观，号放翁。越州山阴（今浙江绍兴）人。尚书右丞陆佃孙、直秘阁陆宰子。

生平 陆游小时，随父避金军南逃，历尽艰辛。他自幼好学不倦。19岁进士试落第。20岁时与唐氏结婚，夫妻感情甚笃，但被母亲拆散。29岁参加锁厅试为第一，次年参加礼部试又列于秦桧孙秦埙之前，触怒秦桧，被黜落。绍兴二十八年（1158），才开始任职。孝宗即位，起初颇有抗金之志，陆游力赞张浚北伐。后宋军于符离溃师，张浚被排挤去职，陆游以"交结台谏，鼓唱是非，力说张浚用兵"的罪名被免职。

乾道五年（1169），起为夔州通判。八年三月，主战将领王炎宣抚川陕，辟为权宣抚司干办公事兼

检法官。在此期间他身着戎装，驱驰于汉中一带，开始了"铁马秋风大散关"的战斗生涯，并向王炎陈进取之策，提出一些经略中原、积粟练兵的战略，认为"王师入秦驻一月，传檄足定河南北"。但这一片报国赤忱并不能实现。腐败的宋廷只求苟安，无意进取，致使将士闲置前线，"报国欲死无战场"。同年十月，王炎奉调回临安，陆游改成都府路安抚司参议官。他只好抱着"不见王师出散关"和"悲歌仰天泪如雨"的激愤心情，眼看着收复中原的希望破灭。淳熙二年（1175），范成大镇蜀，辟陆为成都府路安抚司参议官。陆与范有诗文之交，不拘官场礼数，言者论其"不拘礼法，恃酒颓放"，遂自号放翁。这是他创作上收获最多的时期。陆游对这一创作阶段很珍视，将全部诗作结集为《剑南诗稿》，全部文章结集为《渭南文集》。

淳熙五年（1178）春，陆游诗名日盛，受到孝宗召见，但并未真正得到重用，孝宗只派他到福州、江西做了两任提举常平茶盐公事。后以擅发义仓米赈灾，被罢职还乡，闲居6年。十二年，起知严州，除军器少监。绍熙元年（1190），迁礼部郎中兼实录院检讨官。嘉泰二年（1202），权同修国史、实录院同修撰，兼秘书监。三年书成，升宝章阁待制，致仕。陆游长期蛰居农村，在幽静但却清贫的生活中度过晚年。他将书房命名为"老学庵"，以坐拥书城为乐。后应韩侂胄之请，撰写《南园》《阅古泉记》。

诗歌创作　陆游是宋代爱国主义诗人，他生活的时代正是江西诗派盛行之时，他经历了一个从学

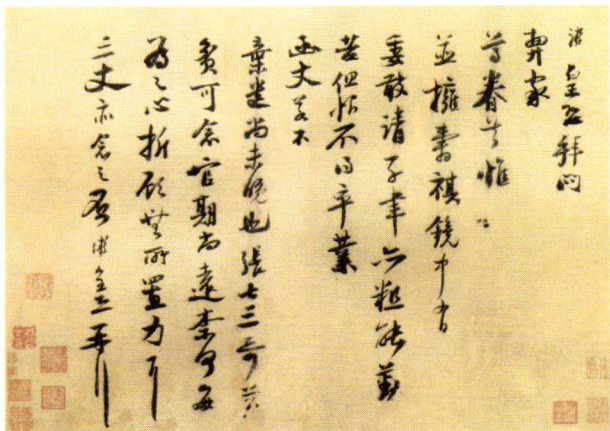

陆游《自书诗帖卷》局部

103

习江西诗派到摆脱江西诗派影响的创作历程。少年时代，他曾向曾幾学诗，对吕本中提倡的"活法"极为赞赏。但到中年以后，却对江西诗派的诗论主张多有批评，对江西诗派末流过分讲求雕章琢句深表不满，认为"琢雕自是文章病，奇险尤伤气骨多"（《读近人诗》），甚至对"活法"也提出了质疑。其《澹斋居士诗序》云："盖人之情，悲愤积于中而无言，始发为诗，不然，无诗矣。苏武、李陵、陶潜、谢灵运、杜甫、李白，激于不能自已，故其诗为百代法。"可见，他认为诗歌创作要重内在修养而不应过多看重外在形式。

陆游的文学创作以诗歌成就最大，被誉为南宋中兴四大家之一，今存诗 9300 余首。他的诗歌创作经历了 3 次较大变化。入蜀以前，他宗杜甫，受江西诗派影响较大，虽穷极工巧而仍归雅正。这一时期诗作很多，但后来被他删削，今存者仅 200 余首。入蜀以后，尤其是在汉中抗金前线时期，其诗更增闳肆，自出机杼，尽其才而后止。这一时期的诗作奠定了他在诗歌史上自成一家的崇高地位。晚年闲居山阴，诗力渐造平淡，早年求工见好之意亦尽消除，反映出"文章本天成，妙手偶得之，粹然无疵瑕，岂复须人为"（《文章》）的主张。

陆游诗歌最突出的特点是充满爱国忧民的激情。收复中原是他一生反复咏吟的主题，青年时代他就立下"平生万里心，执戈王前驱"（《夜读兵书》）的宏志。到中年壮志未酬，更显得义愤填膺，"逆胡未灭心未平，孤剑床头铿有声"（《三月十七日夜醉中作》）。直至晚年他还表示"壮心未与年俱老，死去犹能作鬼雄"（《书愤》）。即使在弥留之际，他仍然念念不忘收复中原，悲愤地道出"王师北定中原日，家祭无忘告乃翁"（《示儿》）的遗愿。

他的抗金宏愿不能实现，是由于主和派投降卖国所致，因此他对朝廷中的主和派充满愤恨，"诸公可叹善谋身，误国当时岂一秦（桧）"（《追感往事》），"公卿有党排宗泽，帷幄无人救岳飞"（《夜读范至能〈揽辔录〉》）。其余如《关山月》《陇头水》《感事》，无不表现出这种强烈的憎恶之情。他对沦陷区的人民充满关切，"赵魏胡尘千丈黄，遗民膏血饱豺狼"（《题海首座侠客像》），"遗民泪尽胡尘里，南望王师又一年"（《秋夜将晓出篱门迎凉有感》），对百姓的痛苦表现出极大的同情。

除了这种抒发爱国情怀的诗篇之外，陆游还写有大量描写山水风光、赠酬友人、抒写个人情怀的诗篇，无论写景咏物、议论感怀，都清新灵动，富于生活情趣。陆游诗各体兼备，古体、近体、五言、七言俱各擅长。清赵翼谓"放翁以律诗见长，名章俊句，层见叠出，令人应接不暇。使事必切，属对必工；无意不搜，而不落纤巧；无语不新，而不事涂泽，实古来诗家所未见也""其古体诗，才气豪健，议论开辟，引用书卷，皆驱使出之，而非徒以数典为能事。意在笔先，力透纸背，有丽语而无险语，有艳词而无淫词，看似华藻，实则雅洁，看似奔放，实则谨严"（《瓯北诗话》卷六）。确实，在他的诗集中，像"病树有凋叶，残蝉无壮声"（《秋怀》）、"树杪忽明知月上，竹梢微动觉风生"（《池上》）、"水浅游鱼浑可数，山深药草半无名"（《山行》）、"小楼一夜听风雨，深巷明朝卖杏花"（《临安春雨初霁》）、"山重水复疑无路，柳暗花明又一村"（《游山西村》），无不脍炙人口。陆游的诗歌由于数量巨大，因此在艺术上也有不足之处，有时用笔率意，疏于锤炼，故显得句式重复，凝练不足。

词的创作 陆游也擅长词，现存词130余首。刘克庄称其词"激昂感慨者，稼轩不能过；飘逸高妙者，与陈简斋、朱希真相颉颃；流丽绵密者，欲出晏叔原、贺方回之上"（《后村诗话》续集卷四），呈现出多样化的风格。如〔诉衷情〕"当年万里觅封侯"回忆当年从军的往事，叹息年已老而功业未就，抒发满腔悲愤，风格苍凉而又豪放。其余如〔水调歌头〕《多景楼》"不见襄阳登览，磨灭游人无数，遗恨黯难收"，〔沁园春〕《三荣横溪阁小宴》"许国虽坚，朝天无路，万里凄凉谁寄音"，〔夜游宫〕《记梦寄师伯浑》"自许封侯在万里，有谁知，鬓虽残，心未死"，无不

寄托着词人报国无门的愤懑之情。词风近似于苏轼的清旷超迈、辛弃疾的沉郁苍凉。他也有一些词纤丽似秦观，如〔钗头凤〕"红酥手黄滕酒"为怀念故妻之作，情意哀怨惆怅，尤其是词末的三叠字"错错错""莫莫莫"，更为后世词评家所称赏。他还有一些寓意高远的作品，如著名的〔卜算子〕《咏梅》，以梅花的孤高自洁，譬喻自己不慕荣利与至死不渝的情操。但是陆游的词显然不能与其诗相提并论。

散文成就 陆游亦以文名于当时，其记铭序跋之类，或叙述生活经历，或抒发思想感情，或论文说诗，此类最能体现陆游散文的成就，同时也如在诗中一样，不时表现着爱国主义的情怀，如《韩镇堂记》《铜壶阁记》《书渭桥事》《傅给事外制集序》等；而《上辛给事书》《澹斋居士诗序》，则阐述他对文学的独到见解；《烟艇记》《书巢记》《居室记》，记述与乡民生活情状，清新隽永，富有情韵。他的《入蜀记》6卷，笔致简洁而又宛然如绘，不仅是引人入胜的游记，同时对考订古迹和地理沿革也有帮助。他的《老学庵笔记》则是随笔式的散文，笔墨虽简而内容甚丰，所记多系轶文故实，颇有史料价值。其中论诗诸条（如批评时人"解杜甫但寻出处"等），亦堪称卓见。

总之，陆游是一位创作丰富，具有多方面才能的作家。特别是在诗歌创作上，成就尤其突出。人们公认他高于当时与他并称的尤袤、范成大、杨万里，清人赵翼还认为他胜过苏轼。他说："宋诗以苏、陆为两大家，后人震于东坡之名，往往谓苏胜于陆，而不知陆实胜苏也。"（《瓯北诗话》卷六）从总体来看，特别是从反映时代的深度和广度来看，陆游确不愧是宋代最杰出的诗人。

作品集 陆游的著述甚丰，据汲古阁刻《陆放翁全集》，计有：《剑南诗稿》85卷，《渭南文集》50卷（其中包括词2卷，《入蜀记》6卷），《放翁逸稿》2卷，《南唐书》18卷，《老学庵笔记》10卷等。其他尚有《放翁家训》及《家世旧闻》等。中华书局于1976年排印《陆游集》5册，书后附今人孔凡礼

《陆游佚著辑存》。上海古籍出版社1985年出版有钱仲联《剑南诗稿校注》。1979年中华书局出版有《老学庵笔记》10卷的校点本。

杨万里

中国南宋诗人。字廷秀。吉州吉水（今属江西）人。

生平 绍兴二十四年（1154）进士，授赣州司户参军，继而调任永州零陵（今属湖南）县丞。此时南宋名将张浚谪居永州，勉杨万里以"正心诚意"之学，因此他自名书室为"诚斋"，世称诚斋先生。后知隆兴府奉新县（今属江西）。在任时禁吏胥贪赃，甚得民心。乾道六年（1170），上《千虑策》30道，陈述关于"君道""国势""治原""人才""刑法""民政"等重大问题的意见，受到宰相陈俊卿、虞允文的重视，征召为国子博士。淳熙元年（1174），出任漳州知州，不久改知常州。六年，提举广东常平茶盐，升任广东提点刑狱。十三年，迁枢密院检详官兼太子侍读，向宰相王淮推荐朱熹、袁枢等16位人才。后迁秘书少监。高宗卒，万里力争张浚当配享庙祀，触怒孝宗，出知筠州（今江西高安）。

十六年，光宗即位，杨万里被召入朝，任秘书监。绍熙元年（1190），出任江东转运副使。这时朝议欲以铁钱行于江南诸郡，他上疏反对，并拒不奉诏，因此触怒时相，改任赣州知州。万里不去赴任，闲居乡里长达15年之久。宁宗即位后，屡次召他入朝任职，都坚辞不就。开禧二年卒于家中。临终前索笔写下了"吾头颅如许，报国无路，惟有孤愤"的遗言，与陆游的《示儿》诗体现了同样深沉的忧国感情。

诗论与诗歌创作 万里以诗著名，与尤袤、范成大、陆游并称"中兴四大家"，当时被奉为诗坛宗主，其诗数量极富，在宋代仅次于陆游，达4200余首。

杨万里的诗歌理论，主要见于《诚斋诗话》及一些序文中。他

强调诗歌的社会作用，称诗是"矫天下之具"（《诗论》），并认为诗歌应该有为而作，起到某种扬善讽恶的作用，不能无病呻吟。在表现方法上，他重视委婉含蓄，尚"意"重"味"。他所说的诗"味"，既继承了司空图"韵味"说的特点，又受到江西诗派诗论的一些影响，求"味"而不离"形""法"。杨万里讲的"法"主要是"活法"，他崇尚独创，反对死守规则的"舍风味而论形似"的模拟之风。因此，杨万里与江西诗派诸人不同，他大力提倡晚唐诗风，追求"晚唐异味"。在评论前人时，他也能脱离时人偏见，既推崇杜甫、黄庭坚，也称赞李白、苏轼。其《江西宗派诗序》云："今夫四家者流，以苏似李，黄似杜。苏李之诗，子列子之御风也。杜、黄之诗，灵均之乘桂舟驾玉车也。无待者神于诗者欤？有待而未尝有待者，圣于诗者欤？"妙于比喻，常为后人引用。《诚斋诗话》不专论诗，也有一些文论。

其诗内容充实，从他的第一部诗集《江湖集》开始，便写下了一些关心国家安危的作品。如《读罪己诏》，对孝宗因抗金受挫而中途改变策略提出忠告；《道逢王元龟阁学》，对奸党得势、忠良被逐表示愤慨；《故少师张魏公挽词》，对爱国名臣张浚抱恨以殁深表痛惜。淳熙十六年（1189）冬奉命迎接金使，北渡江淮，忧愧悲愤，发而为诗，有著名的《初入淮河四绝句》："船离洪泽岸头沙，人到淮河意不佳。何必桑乾方是远，中流以北即天涯！""中原父老莫空谈，逢着王人诉不堪。却是归鸿不能语，一年一度到江南。"诗人抚今追昔，百感丛集，即景抒怀，比兴互陈，达到了他所追求的"诗已尽而味方永"（《诚斋诗话》）的艺术境界。

杨万里还写了一些反映农民劳动生活的诗，如《竹枝歌》7首写舟人纤夫雨夜行船："幸自通宵暖更晴，何劳细雨送残更？知侬笠漏芒鞋破，须遣拖泥带水行！"对辛苦劳役的下层人民表示关切。《圩丁词十解》是他路过当涂看到圩丁筑堤而写的，诗中以赞赏的态度描绘了水利工程给人民带来的好处。《插秧歌》则描写农民在雨中紧张劳动的情景。《悯农》《悯旱》《农家叹》《秋雨叹》等都从不同角度对农民的遭遇深表同情。

杨万里诗歌在艺术风格和表现手法方面富有特色，他初学江西诗派，后又学陈师道的五律、王安石的七绝，还学过晚唐诗，后跳出步人后尘的路子，自辟蹊径，面向大自然寻找诗意。由师法前人到自筑诗坛，由在书本中寻诗到从大自然和日常生活中发现写诗的材料，使杨万里的诗终于摆脱了江西诗派脱离生活、摹拟古人，只在字句韵律上着意锻造的风气，形成了独具特色、对后世影响颇大的"诚斋体"。他进一步发扬吕本中的"活法"说，把握瞬息万变的自然动态，用生动活泼、幽默诙谐的语言加以表现，从而形成一种取材自然、新鲜活泼、涉笔成趣的新诗体。他的诗友张镃说："造化精神无尽期，跳腾踔厉即时追。目前言句知多少，罕有先生活法诗。"（《携杨秘监诗一编登舟因成二绝》）跳腾踔厉，追摄造化，善于捕捉稍纵即逝的自然情趣，这就是杨万里的"活法"。

"诚斋体"的突出特点是善于巧妙地摄取自然景物的特征和动态，如《晓行望云山》："霁天欲晓未明间，满目奇峰总可观。却有一峰突然长，方知不动是真山。"《过宝应县新开湖》："天上云烟压水来，湖中波浪打云回。中间不是平林树，水色天容拆不开。"都写得新颖、活泼，富有情趣。不仅如此，作者还通过景物的"活"来表现意趣的"活"。如《过松源晨炊漆公店》："莫言下岭便无难，赚

杨万里诗意图轴（明代周臣）

109

得行人错喜欢。正入万山圈子里，一山放出一山拦。"这类诗大都想象丰富奇特，景活意活，表现手法也同样活，一笔一转，一转一境，令人目不暇接。"诚斋体"的另一特点是幽默诙谐。大自然的一切，大而日月山川，小而蜂蝶花木，无不收拾入诗，涉笔成趣，以至姜夔有"处处山川怕见君"的戏语。《嘲蜂》《嘲蜻蜓》《嘲稚子》《嘲星月》《戏笔》等，都富有幽默感。有些诗还能于诙谐中寓讽刺之意和激愤之情，如《下横山滩头望金华山》："篙师只管信船流，不作前滩水石谋。却被惊湍旋三转，倒将船尾作船头。"《嘲淮风》："不去扫清天北雾，只来卷起浪头山！"《观蚁》："微躯所馔能多少？一猎归来满后车！"嘲讽之意，灼然可见。

语言平易浅近，自然活泼，适当选择、熔炼俗谚口语入诗，这是"诚斋体"的又一特点。这比起江西派的搜僻典、用生词、押险韵、造拗句，显然是一种大胆的解放。《竹枝歌序》称隐括纤夫舟人"吟讴啸谑"而为歌，可见他对民歌的语言形式也有所吸收。如《檥风伯》中写与风神相戏："风伯劝尔一杯酒，何须恶剧惊诗叟！端能为我霁威否？岸柳掉头荻摇手！"颇体现"诚斋体"的特点。

杨万里在当时与陆游、范成大等齐名，在南宋诗坛声誉甚高，并且得到北方金代一些诗人的推许（刘祁《归潜志》卷八）。但杨万里诗歌在内容上比陆、范要逊色一些，其关心国事的作品远不及陆游的沉痛，同情民生疾苦的作品也赶不上范成大的深刻，数量上也少得多。采用"活法"无微不至地"斧藻江山，追逐风月"，这是杨万里的主要成就所在。"诚斋体"在造意、选材和风格上虽有独创性，但由于题材的琐屑细小，以致境界不甚开阔，加之他有时过分追求趣味性、"信手"、"走笔"，致使一些诗作缺乏必要的艺术概括，草率成章；语言有时也不经选择，随便运用，以致后人有"佻巧""油滑"之讥。

词与辞赋 万里作词不多，今存15首。《历代诗余·词话》引《续清言》语，称杨万里"不特诗有别才，即词亦有奇致"。其〔昭君怨〕《赋松上鸥》："偶听松梢扑鹿，知是沙鸥来宿。稚子莫喧哗，恐惊他！俄顷忽然飞去，飞去不知何处。'我已乞归休'，报沙鸥。"词风活泼清新，饶有趣味，与他的诗风很相似。

杨万里的辞赋也比较有特色。如《浯溪赋》以剥藓读元结的《中兴颂》碑为引子，借唐玄宗、肃宗父子的往事讽喻时事，对宋徽宗、高宗父子进行了批评，时人争相传诵，与范成大《馆娃宫赋》齐名。《海䲡赋》写宋军以海䲡船大破金兵于采石矶的战役，也具有现实意义。这类赋和欧阳修、苏轼的作品一样，摆脱了汉赋板重的句法和齐梁骈俪风气，以散势行韵文，韵脚多在虚词之前，读起来一气贯注，流利自然。

作品及其版本 杨万里还精于《易》学，有《诚斋易传》20 卷。他解释《易》的观点与程颐相近。因爱引用历史事件来证实《易》经，曾为后世经学家非议。但纪昀等人仍认为《诚斋易传》有"不可磨灭"处（《四库全书总目》）。所著《诚斋集》133 卷，今存宋端平初年刻本、《四部丛刊》影印宋钞本、《四库全书》本。又有《杨文节公文集》42 卷、《诗集》42 卷，有清乾隆六十年带经轩刊本；《批点分类诚斋先生文脍》前集 12 卷、后集 12 卷，有元刻本、明刻本。1979 年上海古籍出版社出版有周汝昌《杨万里选集》。《诚斋诗话》1卷，有《历代诗话续编》本。《诚斋乐府》1 卷，有《彊村丛书》本。

李梦阳

中国明代文学家。字天赐，改献吉，号空同子，又作崆峒子。庆阳（今属甘肃）人。出身寒微。弘治六年（1493）举陕西乡试第一，次年中进士。十一年，出任户部主事，后迁郎中。十八年四月，因弹劾张鹤令，曾被囚于锦衣卫狱。正德元年（1506），因替尚书韩文写弹劾刘瑾奏章，被谪山西布政司经历，不久又因他事下狱，赖康海说情得释。刘瑾败，复起任原官，迁江西提学副使。后因替宁王朱宸濠写《阳春书院记》而削籍。

李梦阳鉴于当时台阁体诗文存在"啴缓冗沓，千篇一律"的弊端，决心倡导复古以救其痿痹，确有一定进步作用。他主张古诗学魏晋，近体学盛唐。他的主张影响甚大。《明史·文苑传》说他与何景明"倡导复古，文自西京、诗自中唐而下，一切吐弃。操觚谈艺之士，翕然宗之"。但李梦阳过于强调格调、法式，未能很好地从复古中求创新。尤其在他与何景明的辩论中，意气用事，论点更趋偏激，导致刻意古节、泥古不化的流弊，甚至走上抄袭剽剥的道路，反而扼杀诗歌创作的生机。直到晚年才有

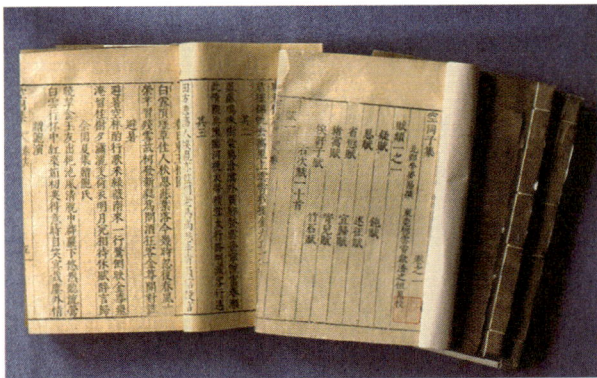

《空同集》

所悔悟。

李梦阳创作的乐府和古诗较多，其中有不少富有现实意义的作品，且寄寓了作者力求改革的政治理想。《朝饮马送陈子出塞》揭露了明朝军队的腐败，笔力颇为苍劲沉重。《君马黄》刻画宦官的骄横，也栩栩如生。《空城雀》通过对群雀啄麦、坐享其成的描绘，表示对既无利弹，又蔑网罗的贫苦"翁妪"的同情，很有深意。《玄明宫行》铺叙宦官住地的盛衰，抨击他们的穷奢极欲，更嘲讽这些家伙顷刻烟消云灭的可悲下场。李梦阳的乐府、歌行在艺术上有相当成就。他善于结构、章法，如《林良画两角鹰歌》从画说到猎，从猎生发议论，后画猎双收，很见功力。但时有雕琢之痕，并未臻于自然流转的神境。另有部分乐府模拟严重，不足取。除乐府、歌行之外，李梦阳的七律也有特色。他专宗杜甫，七律多气象阔大之辞，如《台寺夏日》对台寺的描绘，很有磅礴飞动的

气势，并蕴藏着鉴古知今的情思。他创作七律，也能注意开阖变化。但李梦阳的七律并非全是雄浑健拔之作，还有少数形象飘逸、风味盎然的诗篇，如《舟次》《春暮》，用词精警而自然，情趣横生而不落俗套，另具一种风致。

著有《空同集》66卷，另有《白鹿洞书院新志》，辑有《古文选增定》等。

王世贞

中国明代文学家。字元美，号凤州，弇州山人。太仓（今属江苏）人。嘉靖二十六年（1547）进士。初任刑部主事，与李攀龙、谢榛、宗臣、梁有誉、吴国伦、徐中行等相唱和，继承并鼓吹前七子复古理论，史称"后七子"。屡迁员外郎、郎中。为官正直，不附权贵。官至刑部尚书，病逝乡里。

其始，王世贞与李攀龙同为文坛盟主。李死后，又独为文坛领袖20年，影响甚大。

王世贞的文学观主要表现在《艺苑卮言》里。虽然他并未脱离前七子的影响，仍然主张文必秦汉、诗必盛唐，但其学问淹博，持论并不似李攀龙那样偏激，故时露卓见。他虽然十分强调以格调为中心，但能将创作者的才思与作品的格调密切联系起来，看到了才思生格调、格调因人而异的必然性，实为李梦阳、李攀龙所未发。王世贞虽然也主张从学古入手，但他特别注意"捃拾宜博"，强调"渐渍汪洋"，最终要求"一师心匠"。这显然与一味主张模古范型者有别。晚年，他的文学思想更有一些显著变化。

从王世贞《乐府变》的序言来看，他主张创作要继承《国风》的批判现实精神，诗歌要不避禁纲，批评时事，以成一代"信史"，实属难能可贵。所以他的诗歌有不少感时伤世的政治诗，现实感较为强烈。《钧州变》无情地揭露了贵族藩王的荒淫残暴；《袁江流铃山岗当庐江小吏行》浓墨铺叙了严嵩父

子横行不法，谴责他们"负国"的累累罪行，义正词严，气势磅礴。王世贞不仅对封建统治阶级里的腐朽势力有所抨击，还对君王进行了旁敲侧击的嘲讽。如《正德宫词》之四，对沉湎酒色的武宗有所讽喻；又如《西城宫词》之六，对听信道士胡言、选少女炼丹铅的世宗也极尽揶揄。

王世贞诗歌取材赡博，纵心触象都能化为诗料，形诸歌咏。除了一部分模拟痕迹较为严重的作品外，诸体诗中都有一些颇见艺术匠心的佳作。他的某些乐府诗不刻意范古，甚见诗人才思。他的有些律诗既有高华宏丽的气象，又能注意错综变化、回旋自然，有相当功力。王世贞七绝最有特色，在其诗歌创作中较少模拟痕迹，能够意到调成，自然宛转。

王世贞亦能词，如〔浣溪沙〕"窗外闲丝自在游"在抒写清愁淡怨时，善于借助景物渲染，烘托其凄凉情绪。又如〔忆江南〕"歌起处"勾勒江南景色，颇能传神。但他的词因受传统束缚较大，内容狭窄，题材单调。

此外，王世贞对戏曲也有研究。他的曲论见于《艺苑卮言》的附录，即《弇州山人四部稿》卷一百五十二。后人摘出单刻行世，题曰《曲藻》。王世贞已较深刻地认识到戏曲艺术的美学特点，他认为戏曲成功与否首先在于是否"动人"。这是他戏曲观的精华处。

又传奇戏曲《鸣凤记》，一说为王世贞所作。也有人疑此剧是王的门生所作。

王世贞十分熟悉明代典故、史事。他的《弇山堂别集》《嘉靖以来首辅传》《觚不觚录》，记述盛事奇事、首相传略、朝野轶闻，均是有史料价值的著作。其中有一些小品散文颇涉诙谐、文笔清新。

著有《弇州山人四部稿》174卷，《续稿》207卷，《弇山堂别集》100卷，《嘉靖以来首辅传》8卷，《觚不觚录》1卷，《读书后》8卷；还编纂《画苑》10卷、《王氏书苑》10卷。

沈德潜

中国清代诗人。字确士，号归愚。长洲（今江苏苏州）人。一生热衷功名，从 22 岁参加乡试起，共参加科举考试 17 次。67 岁时始中进士。官至内阁学士兼礼部侍郎。77 岁辞官归里。在朝期间，他的诗受到乾隆帝的赏识，常出入禁苑，与乾隆唱和并论及历代诗的源流升降。沈德潜受到皇帝"隆遇"的特殊地位，使他的诗论和作品风靡一时，影响甚大。他年轻时曾受业于叶燮，诗论在一定程度上受叶燮的影响，但未能继承叶燮理论中的积极因素。他论诗的宗旨，主要见于所著《说诗晬语》和他所编的《古诗源》《唐诗别裁集》《明诗别裁集》《清诗别裁集》等书的序和凡例。他论诗尚格调，崇盛唐，以和平敦厚为宗。提出"温柔敦厚，斯为极则"（《说诗晬语》卷上），鼓吹儒家传统"诗教"。他的所谓"格调"，是就诗的艺术风格来说的。"格"就是指诗"不能竟越三唐之格"（《说诗晬语》卷上）；"调"即强调音律的重要性。沈德潜的诗现存 2300 多首，有很多是为统治者歌功颂德之作。《制府来》《晓经平江路》《后凿冰行》等反映了一些社会现实，但又常带有统治阶级的说教内容。近体诗中有一些作品如《吴山怀古》《月夜渡江》

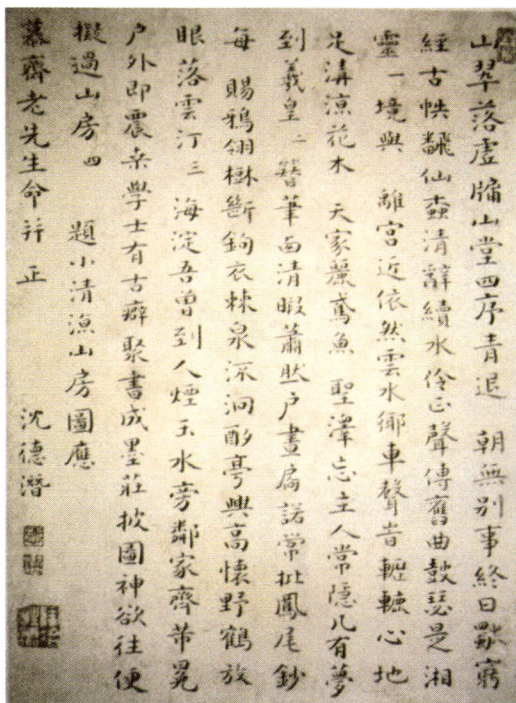

沈德潜书《小清凉山房图册》题跋

《夏日述感》等，清新可诵，颇有功力。沈德潜所选各种诗选，保存了丰富的篇章，流传颇广，到今天还有参考价值。尤其是《古诗源》中收录了不少古代民歌，在当时很难能可贵。选本中的评语，在品鉴诗歌艺术方面有一些精辟见解。沈德潜的著作除上述各选本外，有《沈归愚诗文全集》（乾隆刻本），包括自订《年谱》1卷、《归愚诗钞》14卷、《归愚诗钞馀集》6卷、《竹啸轩诗钞》18卷、《矢音集》4卷、《黄山游草》1卷、《归愚文钞》12卷、《归愚文续》12卷、《说诗晬语》2卷等。

袁 枚

中国清代诗人、诗论家。字子才，号简斋，晚号随园老人，又号小仓山居士。钱塘（今浙江杭州）人。乾隆四年（1739）进士，授翰林院庶吉士。乾隆七年改放外任，在溧水、江浦、沭阳、江宁等地任知县，有政声。乾隆十三年辞官，定居江宁（今江苏南京市），筑室小仓山隋氏废园，改名随园，世称随园先生。从此不再出仕。

袁枚是清代乾隆、嘉庆时期的代表诗人之一，与赵翼、蒋士铨并称乾隆三大家。他活跃诗坛60余年，存诗4000余首，基本上体现了他所主张的"性灵说"，有独特风格和一定成就。袁枚诗思想内容的主要特点是抒写性灵，表现个人生活遭际中真实的感受、情趣和识见，往往不受束缚，时有唐突传统。在艺术上不拟古，不拘一格，以熟练的技巧和流畅的语言表现所感受到的思想体会和所捕捉到的艺术形象，追求真率自然、清新灵巧的艺术风格。即景抒情的旅游诗和叹古讽今的咏史诗两类作品成就较突出。前类如七古《同金十一沛恩游栖霞寺望桂林诸山》，写旅游广西桂林七星岩的观感；七绝《沙沟》写山东境内、黄河北岸的旅途风光和感受。后类如七律《秦中杂感八首》和七绝《马嵬》，以及《到石梁观瀑布》《张丽华》《落

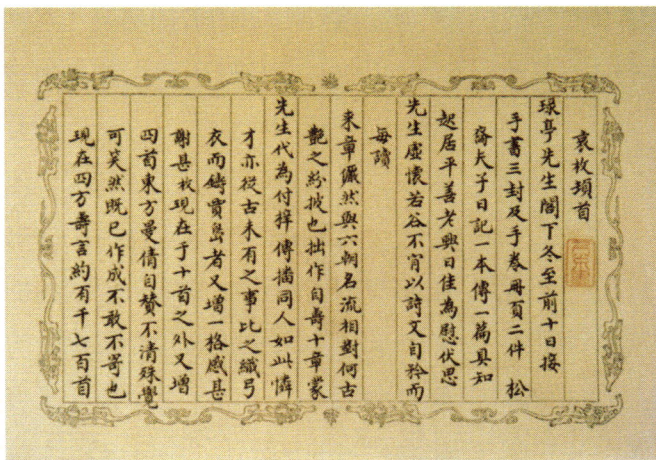

袁枚书札

花》《谒岳王墓作十五绝句》等，都能直抒胸臆，各有新意。袁诗总体是"学杨诚斋（万里）而参以白傅（居易）"，"学前人而出以灵活，有纤佻之病"（尚镕《三家诗话》），有弊病，也有创新。此外，袁枚亦工文章，散文如《祭妹文》《峡江寺飞泉亭记》等，骈文如《与蒋苕生书》《重修于忠肃庙碑》等，都颇可读，传为名篇。

袁枚又是乾、嘉时期主要诗论家之一。继明代公安派、竟陵派而持性灵说。他有许多论诗的书信文章，而以《随园诗话》及《补遗》《续诗品》为诗论主要著作。《随园诗话》除阐述性灵说的理论外，对历代诗人作品、流派演变及清代诗坛多有所评述。《续诗品》则是仿《二十四诗品》之作，立36目，用四言韵文简括诗歌创作过程、方法、修养、技巧等具体经验体会，即所谓创作"苦心"。与公安派相比较，袁枚的性灵说更有针对性，更有反道学、反传统的特点。袁枚论诗主张把"性灵"和"学识"结合起来，以性情、天分和学力为创作基本，以真、新、活为创作追求。

袁枚文学思想的进步意义不仅表现于诗论中的性灵说，也广泛地表现于他的文论及他关于文学发展、文体作用等多方面的观点中。他的文学思想具有发展观点，并有区别地注意各种文学样式的具体功能，在当时是进步的。

著有《小仓山房集》80卷，《随园诗话》16卷及《补遗》10卷，《子不语》24卷及续编10卷。另有尺牍、说部等30余种。

龚自珍

中国思想家、文学家。字尔玉，又字璱人；更名易简，字伯定；又更名巩祚，号定盦，又号羽琌山民。浙江仁和（今杭州）人。出身于世代官宦学者家庭。龚自珍自幼受母亲教育，好读诗文。8岁起习研经史、小学。12岁从段玉裁学《说文》。早年所作诗、文、词已显出文学才华。嘉庆二十三年（1818）应浙江乡试，始中举。次年应会试落选，二十五年（1820）开始入仕，为内阁中书。此前，他曾从刘逢禄学习《公羊传》，写出《明良论》《乙丙之际箸议》《尊隐》《平均篇》等政论文。道光九年（1829），第六次会试，始中进士，时年38岁。在此期间，仍为内阁中书。道光十五年，迁宗人府主事。改为礼部主事祠祭司行走。两年后，又补主客司主事。48岁，辞官南归（道光十九年，1839）。

50岁，暴卒于丹阳云阳书院。

思想 龚自珍生活在清王朝逐渐走向没落的时期，国内矛盾日益尖锐，外国侵略势力不断加深。他是一个近代资产阶级改良主义的启蒙思想家，主张改革腐朽现状和抵抗外国资本主义侵略。最初接受的是以戴震、段玉裁、王念孙、王引之为代表的正统派考据学。30岁前后，开始严厉批判并最终坚决抛弃了正统派考据学，而接受今文经学《春秋》公羊学派的影响。但他也肯定考据学有用的部分；同时也批判今文经学杂以谶纬五行的"恶

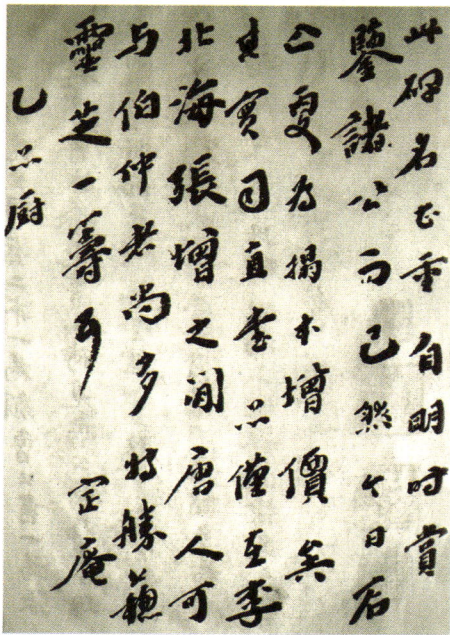

龚自珍手迹

习"，主张"经世致用"。他的思想总体而论比较复杂，有时充满矛盾。

在政治上，龚自珍主张"更法"，反对恪守祖宗成法。指出清朝表面上文恬武嬉，繁华兴盛，实际已进入衰世。认为有清以来，皇权太重，造成臣子的奴性。抨击晋升官职论资排辈，人才流散四方。提出厚俸养廉，科举增设策论，晚年更主张改革内阁制度。

在哲学上，他虽然批判了神秘的阴阳、五行说和天人感应说，认为天象皆有一定规律，但又相信天有意志，并肯定鬼神的存在；他强调"人"的作用，坚决否定"圣人"和天理创造和主宰世界的论调，但又错误地认为包括自然界和人类社会在内的宇宙间的一切都是"人"的自我创造。在认识论上，他把"知"与"觉"截然分开，认为"知"是对客观具体事物的认识，是"有形"的；"觉"是先验的认识，是"无形"的。他批判先验的性善论，以为人性无善恶，善恶是后天环境造成的。这一思想后来未能贯彻到底，而与"佛性"混

为一谈。龚自珍注重《周易》的穷变通久论和《公羊》"三世"变易观，认为社会历史不是凝固不变的，而是循着据乱世—升平世—太平世，或治世—衰世—乱世的轨道而不断地变化。但他把社会历史的变化只看作是"渐"变，而且是"初异中，中异终，终不异初"的单纯循环。

在经济上，他在《平均篇》中认为官吏和商人超越本分攫取大量社会财富，是造成贫富不均的根源，主张按照封建等级制度规定人们占有社会财富的份额。在《农宗》篇中，他提出在农村建立以血缘关系为纽带的"农宗"制度，把农村中的社员分为"大宗""小宗""群宗"和"闲民"4个等级。主张实行宗法受田制，按宗法分田：大宗百亩，小宗、群宗二十五亩，其余闲民为佃农。这一土地方案，含有抑制大地主大商人兼并土地的意思。但他在《农宗答问第一》及《农宗答问第四》中又肯定大地主的地位。龚自珍的"农宗"方案，实际是自然经济的模式。主张大宗以其农副产品与所需要的工

业品实行物物交换。他还主张实行长子继承制，认为只有长子继承"百亩"之田，才不会导致"数分则不长久"的后果。他主张和外国作有益的通商，严格禁止奢侈品的输入。

他还研究地理学，特别致力于当代的典章制度和边疆民族地理，撰《蒙古图志》，完成了十之五六；写《西域置行省议》和《东南罢番舶议》，主张抵抗外国资本主义侵略和巩固西北边疆。后来更主张严禁鸦片，坚决抵抗英国侵略者，并驳斥了僚吏、幕客、游客、商贾、绅士等各式投降派的有害论调。

他继承章学诚"六经皆史"的观点，但更扩大、通达、完整。他把古代一切历史文化的功罪完全归结到史官，并以当代史官即历史家自任。他认为史官之所以可尊，在于史官能站得高，从全面着眼，作客观的、公正的现实政治社会的批判。这实际是要使历史和现实政治社会问题即"当今之务"联系起来，应用《春秋》公羊学派变化的观点、发展的观点，在"尊史"的口号下，对腐朽的现实政治社会做全面的批判。

文学创作　龚自珍的文学创作，表现了前所未有的新特点。他认为文学必须有用，指出儒学、政事和诗文具有共同目的，就是"有用"。认为诗和史的功用一样，都在对社会历史进行批评，文章、诗歌都和史有源流的关系。

龚自珍的诗绝少单纯地描写自然景物，而总是着眼于现实政治、社会形势，发抒感慨，纵横议论。他从15岁开始诗编年，到47岁，共有诗集27卷。今存600多首，绝大部分是他中年以后的作品，主要内容是"伤时""骂坐"。道光五年（1825）的一首《咏史》七律是这类诗的代表作。诗中咏南朝史事，感慨当时江南名士慑服于清王朝的险恶统治，庸俗苟安，埋头著书，"避席畏闻文字狱，著书都为稻粱谋"。诗末更用田横抗汉故事，揭穿清王朝以名利诱骗文士的用心："田横五百人安在，难道归来尽列侯？"晚年在著名的《己亥杂诗》中，不仅指出外国资本主义势力对中国的侵略和危害、统治阶级的昏庸堕落，而且也看到人民的苦难，表示深切的同情和内疚。

其抒情诗表现诗人深沉的忧郁感、孤独感和自豪感。如道光三年（1823）的《夜坐》七律二首，"一山突起丘陵妒，万籁无言帝座灵"，在沉寂黑夜的山野景观中，寄托着诗人清醒的志士孤愤，抒发对天下死气沉沉的深忧。他常常用"剑"和"箫"、"剑气"和"箫心"寄托思想志向。"一箫一剑平生意，负尽狂名十五年"（《漫感》）；"少年击剑更吹箫，剑气箫心一例消"（《己亥杂诗》）。对于自己的志向抱负不能实现，深为苦闷。

龚自珍诗的特点：①政论、抒情和艺术形象的统一。他的许多诗既是抒情，又是议论，但不涉事实，议论亦不具体，只是把现实的普遍现象提到社会历史的高度，提出问题，抒发感慨，表示态度和愿望。他以政论作诗，但并不抽象议论，也不散文化。②丰富奇异的想象，构成生动有力的形象。在他的诗中，"月怒""花影怒""太行怒""太行飞""爪怒""灵气怒"等，习见的景物变得虎虎有生气，动人耳目，唤起不寻常的想象。又

如《西郊落花歌》描写落花，使引起伤感的衰败景物变为无比壮丽的景象，更高出寻常的想象之外。"落红不是无情物，化作春泥更护花"（《己亥杂诗》），则从衰败中看出新生。"天命虽秋肃，其人春气腴"（《自春徂秋，偶有所触，得十五首》），从没落的时代中，也看到新生的一面。③形式多样，风格多样。诗人运用古典诗歌多种传统形式，自杂三四言，至杂八九言，皆用之。写得多的还是五七言古体诗，七言的近体诗，而以七言绝句为大宗。一般趋向不受格律束缚，自由运用，冲口而出，以七言绝句表现得最突出。作于道光十九年（1839）的《己亥杂诗》315首，

独创性地运用七言绝句的形式，内容无所不包，旅途见闻以及生平经历和思想感情的发展变化，历历如绘，因而成为一种自叙诗的形式。可以作为一首诗读。由于作者充分地、富于创造性地运用，使七言绝句成为一种最轻巧、最简单、最集中的描写事物、表达思想感情的形式。复杂深刻的思想内容，多种多样的语言形式，是龚诗风格多样化的基础。"从来才大人，面貌不专一"（《题王子梅盗诗图》），诗人是以风格多样化自勉和自许的。他的古体诗，五言凝练，七言奔放；近体诗，七言律诗含蓄稳当，绝句则通脱自然。④语言清奇多彩，不拘一格，有瑰丽，也有朴实；有古奥，也有平易；有生僻，也有通俗。一般自然清丽，沉着老练，有杜韩的影响，有些篇章由于用典过繁或过生，或含蓄曲折太甚，也不免有艰深晦涩的缺点。

其文名在当时高于诗名，也更遭到一般文士的非议，目为禁忌，不敢逼视。除几组学术论文外，重要的部分是不同形式的政论文。有些"以经术作政论"，"往往引公羊义讥切时政，诋排专制"（梁启超《清代学术概论》）。这些文章都是用《春秋》公羊学派的观点与现实的政治联系，引古喻今，以古为用。如《乙丙之际箸议七》《乙丙之际箸议九》和《尊隐》等，都是公羊"三世说"的运用。有些则是直接对清王朝腐朽统治的揭露和批判，如《明良论》；以及各种积极建议的篇章，如《平均篇》《西域置行省议》《对策》《送钦差大臣侯官林公序》等。另一类是讽刺性的寓言小品，如《捕蜮》和《病梅馆记》等。还有许多记叙文，记人、记事、记名胜、记地方，如《杭大宗逸事状》《书金伶》《王仲瞿墓志铭》《书居庸关》和《己亥六月重过扬州记》等，内容不同，都富有现实意义。龚文的表现方法也很特殊。一般很简单，而简括中又有铺叙夸张，有的直率，有的奇诡。他的散文语言活泼多样。有的散行中有骈偶，有的瑰丽，有的古奥，甚至偏僻、生硬、晦涩。龚文区别于唐宋和桐城派的古文，是上承先秦两汉古文的一个独特的发展，开创了古文或散文的新风气。

龚自珍的词也很著名。谭献认为龚词"绵丽沈扬，意欲合周、辛而一之，奇作也"（《复堂日记》二）。实际上，他的词没有摆脱传统词的影响，偏重于词的言情本性。他也写了一些抒发感慨怀抱的词，如〔鹊踏枝〕《过人家废园作》抒发孤独而自豪的感情；〔凤凰台上忆吹箫〕《丙申三日》写与庸俗文士的矛盾和理想不能实现的感慨；〔浪淘沙〕《书愿》写愿望，略同《能令公少年行》；〔百字令〕《投袁大琴南》写与袁琴南儿时同上家学的情景；〔湘月〕《壬申夏泛舟西湖》写思想上剑气和箫心的矛盾，有志于作为，又思退隐，留恋山水。但龚词大部分还是消闲之作，抒写缠绵之情，成就远逊于诗。晚年他发现自己词的缺点："不能古雅不幽灵，气体难跻作者庭。悔杀流传遗下女，自障纨扇过旗亭。"（《己亥杂诗》）他所谓气体，就是风格，自知缺乏现实社会内容。

本集和版本 龚集传世版本甚多，最初有《定盦文集》3卷、《余集》1卷，附《少作》1卷，道光三年自刻本。《己亥杂诗》亦有道光十九年自刻本。龚自珍去世后第二年，魏源所辑《定盦文录》12卷，又考证、杂著、诗词12卷（《定盦文录叙》），无刻本。后有《定盦文集》3卷、《续集》4卷，同治七年吴煦刻本。

今有上海商务印书馆《万有文库》排印《定盦文集》4册，涵芬楼影印《定盦文集》3册，均吴煦本。光绪以来至清末，传本益多，有光绪十二年朱之榛《定盦文集补编》4卷；以"全集"名者，有光绪二十三年万本书堂刻本《龚定盦全集》；有宣统元年国学扶轮

社排印本《精刊龚定盦全集》；有宣统元年邃汉斋校订时中书局排印本《校订定盦全集》10卷；有宣统二年扫叶山房石印本《定盦全集》等。民国以后，有1935年上海襟霞阁本《龚定盦全集》；1935年王文濡编校、国学整理社本《龚定盦全集》；1937年夏同蓝编世界书局本《龚定盦全集类编》等。1959年王佩铮校中华书局上海编辑所本《龚自珍全集》，此本基本上参照邃汉斋校订本编例，分为11辑，第1至第8辑为文，第9、10辑为诗，第11辑为词。

王闿运

中国学者、诗人。字壬秋，一字壬父，晚号湘绮。湖南湘潭人。清咸丰七年（1857）补行癸丑（1853）科乡试时中举。会试入都，尚书肃顺礼为上宾。旋离京，为山东巡抚文煜幕客。在此前后，曾几度出入曾国藩湘军营中，并书函往来，但未任其幕僚。后归隐湖南石门，治学著述。光绪六年（1880）应四川总督丁宝桢聘，主持成都尊经书院。又掌教长沙思贤讲舍、衡州船山书院等。三十四年（1908），特授翰林院检讨，加侍读。1914年被聘任国史馆长、参政院参政。不久辞职，归长沙。平生处世、治学，多独行"自专"（《独行谣》自注），有异于朝中主流，又自外于时代潮流。太平天国时期对曾国藩有所谋划建言，而意见不合辄离去；后撰《湘军志》，记湘军镇压太平军事功，对湘军之弊也实录不讳。晚年应袁世凯之聘，却讥刺袁世凯称帝野心。他主张抵御外侮，认为中国之弱，根本在于"主忘其民，夷始侮之；主弃其地，夷始侵之"（《御夷论》）。但对洋务运动、维新变法、辛亥革命又心有所非，置身事外。在学术上主张经世致用，对《尚书》《春秋》持今文经学观点，但对其他经书亦不废古文。对汉学、宋学，兼采众长，认为章句、义理、考证应兼容并包。他以这种学术观点在成都主讲，开蜀学之端，培养了廖平等一批弟子。

他的文论和创作也表现出独特性。论诗基本观点本于陆机"诗缘情而绮靡"，认为"诗由心声"，"要取自适"，"贵以词掩意，托物寄兴"；批评唐人"直指时事"，"放弛其词，下逮宋人，遂成俳曲"。所以独尊汉魏六朝，认为"作诗则必先学五言，五言必读汉诗"，"诗法备于魏晋，宋、齐但扩充之，陈、隋则开新派矣"（均见《湘绮楼说诗》），主张从模拟八代入手，曾编《八代诗选》。其诗亦以五言为主，七言律、绝则另行结集。诗集中拟古之作词胜于意，典雅而不清新，堆砌而乏情韵。其诗多为写景山水和思亲怀友。《湘上》《朱陵洞瀑》等追蹑谢灵运，幽邃清雅。也有一些感时之作，如《天津南望水》《独行谣》等反映清王朝的内忧外患，或寓对当政权要讥讽。而传诵一时的《圆明园词》，仅就宫苑兴废发盛衰之叹，劝戒奢兴利，对英法联军焚毁圆明园却一笔带过，虽藻采丽密，仍意落平庸。

王闿运的文也很有名，亦重循古。他在《八代文粹序》中指出，"夫词不追古，则意必循今，率意以言，违经益远"，"要以截断众流，归之淳正，使词无鄙倍，学有本根"，表现出追求典雅的倾向。尤擅长骈体，《到广州与妇书》《秋醒词序》等摹景抒情，华妙典丽。散体文则以记叙、议论见长，学综经史，论贯古今，抑扬开阖，委婉曲折，受贾谊政疏的影响较为明显。

有《湘绮楼诗集》《湘绮楼文集》，并有《春秋公羊传笺》《庄子注》等学术著作，合刊为《湘绮楼全书》。近人马积高等辑其诗、文、词、笺启、联语及诗论《湘绮楼说

诗》、论学之作《王志》和史学著作《湘军志》，编为《湘绮楼诗文集》，岳麓书社 1996 年出版。

黄遵宪

中国改良主义先驱、诗人。字公度，别署人境庐主人、东海公等。广东嘉应州（今梅州市）人。生于梅州，卒于梅州。

生平和思想发展　黄遵宪出生于先世经营典肆之家，父官广西思恩知府。他少年时期，正逢太平天国起义和英法联军侵华，太平军曾两度攻破嘉应州城。因此，年轻的黄遵宪已感受到国家的严重危机，提出"正当补弊偏"，并鄙薄"区区汉宋学"（《感怀》），萌育了社会改革和经世致用思想。同治六年（1867）考中秀才后，三应乡试落第。其间曾游香港、天津等地，为遭受殖民侵略而愤慨，也意识到中国不能再妄自尊大。以切身体验痛感科举之弊，要求改革八股取士制度。光绪二年（1876）秋，中举。

光绪三年，应出使日本大臣何如璋之邀，随任使日参赞。到日本后，他对明治维新由惊怪、犹疑，逐渐转变为肯定，进而相信中国必变从西法，因而研究日本历史、现状，草撰《日本国志》。又读到法国资产阶级思想家孟德斯鸠和卢梭的著作，朦胧地感到太平世必在民主。其间，他为中日文化交流做了大量工作，经常与源辉声、冈鹿门等日本汉学家笔谈。源辉声曾将黄遵宪所著《日本杂事诗》原稿埋藏于东京家园，并由黄遵宪亲题"日本杂事诗最初稿冢"，刻石树碑。源辉声逝世后，其子为实现父亲

黄遵宪塑像

"与丽句兮永为邻"的遗愿，将诗冢也迁到源辉声所葬的东京北部平林寺。

光绪八年，调任驻美国旧金山总领事。任内，美国排斥华工日益加剧，黄遵宪竭力保护华侨权益。1884年美国大选时，他目睹总统竞选中的党争弊端，因此得出了中国不能施行共和政体的结论，但对平等、自由的民主制仍予以肯定。

光绪十一年，请假归乡，修订《日本国志》。十三年成书。此书以大量篇幅介绍日本明治维新后的情况，凡牵涉西法，尤加详备，以期适用于中国。他在序、论中批判秦汉以后"君尊而民远"的专制主义，肯定西方的法治，主张学习近代科技和管理经济的方法，发展民族工商业，建立强大的国防，进行文体和字体改革，提出了一系列改良主张。这部重要著作对后来的戊戌变法有直接影响。十五年，被推荐为驻英参赞。次年赴伦敦。从到英国后，他明确认为，中国政体改革应该师法英国式的立宪民主制。十七年，改任驻新加坡总领事。

光绪二十年底，两江总督张之洞奏调黄遵宪回国，委以江南洋务

广东梅县黄遵宪故居

局总办。次年，黄遵宪在上海会见康有为，参加强学会，自此投身维新运动，"志在变法，在民权"（《与饮冰主人书》）。二十二年，在沪倡办《时务报》，邀梁启超任主笔，鼓吹变法。次年，任湖南长宝盐法道，署按察使。协助巡抚陈宝箴推行新政，设保卫局、课吏馆，与谭嗣同、梁启超等创办时务学堂、南学会、不缠足会、《湘报》等，使湖南风气顿为一变。二十四年六月，被任命为出使日本大臣。因病滞留上海时，戊戌政变发生。黄遵宪被参奏，几遭围捕，因日本前首相伊藤博文的干预而幸免，被准予辞职放归。

黄遵宪还乡后，闭门著述、讲学，曾创立嘉应兴学会议所，发展家乡教育事业。但他仍关注和思考救国道路。光绪二十八年后，他和流亡日本的梁启超以长信往来，讨论民权、自由、立宪、革命、文学改革等问题，部分书函在《新民丛报》发表，影响很大。他不赞成梁启超一度鼓吹的"破坏主义"，同时也反对"返而守旧"的"保国粹即能固国本"之说，大力支持梁启超发动诗界、小说界革命。他仍"守渐进主义，以立宪为旨归"，但晚年思想发生一些微妙变化，临终愤言对"今日当道，实已绝望"，而于"革命"则以为"当避其名而行其实"。最终怀着"二十世纪之中国，必改而为立宪政体"（《与饮冰主人书》）的理想辞世。

文学思想 黄遵宪很早就有志于诗歌改革。同治七年（1868），在《杂感》一诗中抨击统治诗坛的拟古主义，讥讽"俗儒好尊古"是剽盗古人糟粕，明确提出"我手写我口，古岂能拘牵"，主张以"即今流俗语"入诗。但当时他一方面认为不模仿前代、"各不相师而后能成一家言"，另一方面又感到诗之"变极尽矣"，"虽有奇才异能英伟之士，无有能出其范围者"（《与朗山论诗书》），还在寻找突破固有范围的途径。

出国后，他的创作境界大大开拓，诗学观也逐渐成熟。光绪十七年（1891），在伦敦自撰《人境庐诗草序》，总结创作经验。其诗论核心是"诗之外有事，诗之中有人"；而强调"今之世异于古，今之人亦何必与古人同"，"要不失乎为我之诗"。如何达到这一诗境，他提出：扩大诗歌的创作素材和语言素材，古今雅俗兼取，可假借古代典籍中"事名物名切于今者"，也可用"今日之官书、会典、方言、俗谚，以及古人未有之物，未辟之境，耳目所历，皆笔而书之"；艺术手法上，吸收散文笔法而注意诗的特征，即"用古文家伸缩离合之法以入诗"，又"复古人比兴之体"，"以单行之神，运排偶之体"，提高诗的表现力；风格取范，所谓"取《离骚》、乐府之神理而不袭其貌"，并综取古代大家以迄晚近小家体格以自铸风貌。其宗旨在表现"异于古"的"今之世"和"今之人"，艺术上则还是基于古而扩展变化，以求"切于今"。即后来梁启超所概括的"熔铸新理想以入旧风格"（《饮冰室诗话》）。二十三年（1897），他在《酬曾重伯编修》一诗中，把自己的诗称为"新派诗"。

梁启超提出诗界革命后，黄遵宪的诗论有更新发展。其主旨仍是"务使诗中有人，诗外有事"，但从兼取古籍、综取古人到明确主张"扫去词章家一切陈陈相因之语，用今人所见之理，所用之器，所遭之时势，一寓之于诗"。其次，更重视诗的社会作用和启蒙意义，"论诗以言志为体，以感人为用"（《与饮冰主人书》），赞扬"欧洲诗人出其鼓吹文明之笔，竟有左右世界之力"（《与丘菽园书》）。其三，表现出突破格律限制、寻求诗体解放的意向，提出诗体"当斟酌于弹词、粤讴之间，句或三、或九、或七、或五、或长、或短……曰杂歌谣"，并创作新歌词，称之为新体诗，希望梁启超等拓充、光大之（《与饮

冰主人书》)。这些主张呼应并丰富了诗界革命理论。

在中国近代文化史上，黄遵宪最早提出言文合一和变革文体。他在《日本国志·学术志》中，批评中国"语言与文字离，则通文者少"，主张创造一种"明白畅晓，务期达意""适用于今，通行于俗"的文体，使"天下之农、工、商、贾、妇女、幼稚皆能通文字之用"。梁启超发动文界革命后，黄遵宪热烈赞扬《新民丛报》上的"新文体"，并提出"造新字""变文体"，以达到"人人遵用之、乐观之"(《与严又陵书》)。

黄遵宪对小说也有许多精辟之见。他曾对日本友人石川英说："《红楼梦》乃开天辟地，从古到今第一部好小说，当与日月争光，万古不磨者。"(《黄遵宪与日本友人笔谈遗稿》)后来又支持梁启超提倡新小说，并认为小说必须有神采，有趣味；作者须富阅历，饱尝烂熟社会情态；又须积材料，吸收中外小说的语言技巧，才能使小说有感染力。

诗歌创作　黄遵宪今存诗1000余首。他对诗歌改革进行长期艰难的探索，逐渐以初步展现近代世界、反映近代历史、表达近代思想的"新派诗"，开拓了诗歌新境界，形成独特风格。

他的足迹遍及东亚、北美、西欧、南洋，他的诗也"吟到中华以外天"(《奉命为美国三富兰西土果总领事留别日本诸君子》)。大型组诗《日本杂事诗》，共200首七绝，每诗系以小注，写日本自神话

黄遵宪书"日本杂事诗最初稿冢"拓片

时代至明治维新的历史、风土、政俗、民物。他的海外诗，着意吟咏那些最具异国特征的景物，如日本樱花、锡兰岛卧佛、伦敦大雾、巴黎铁塔、苏伊士运河、埃及象形石柱。在描绘异国风情时往往联系其历史文化、时代风云，并联想祖国命运。《近世爱国志士歌》歌颂日本维新志士，"以兴起吾党爱国之士"。五古长诗《锡兰岛卧佛》从佛教兴衰，联想到文明古国的沦落，渴望中国振起。《逐客篇》愤慨美国排斥华工。《纪事》以幽默的笔调揭露美国总统竞选中的百怪千状，与同期马克·吐温著名小说《竞选州长》堪称异曲同工，而结尾仍表达了对"一律平等视""人人得自由"的向往。这些海外诗，扩大了诗歌的表现领域，并且写出中国人走向近代世界后新的感受。

黄遵宪自觉地以诗歌反映近代中国的重大历史事件。他早年一些作品曾表现出对太平天国的敌视，但其诗主要内容是写帝国主义列强侵略和中华民族的抗争。《香港感怀》《羊城感赋》等追念两次鸦片战争的往事，愤慨国耻难雪。《冯将军歌》歌颂中法战争中爱国老将冯子材的胜绩。最突出的是甲午战争时期所作十余首诗，咏及战争全过程。《悲平壤》哀赞奋战殉国的将领左宝贵，愤斥畏敌逃窜的叶志超。《东沟行》《哀旅顺》记大东沟、旅顺口战役，都用先扬后抑笔法，写清军有坚船、固垒，而仍遭惨败，揭露甲午战败在朝廷及官员的腐败无能。《哭威海》写黄海一战中北洋海军覆没，全诗用三字句，短促的音节造成急迫氛围，使人有悲咽不能成声之感。《降将军歌》通过投降者自白，揭示他们乞怜偷生的卑劣情态。《度辽将军歌》讽刺虚骄而昏聩的统帅吴大澂，自命"骨相能封侯"，结果不堪一击。这一组诗，从各个侧面暴露了清王朝的极端腐朽。诗人放归后所作《感事》《己亥续怀人诗》等，通过怀念康有为、谭嗣同等维新派战友，含蓄地反映了戊戌变法到政变的过程。《述闻》《再述》等写八国联军侵华，沉痛悲愤。《三哀诗》《聂将军歌》则哀悼、赞颂在庚子事变和自立军起义中死难的志士。这些纪实之作，寄寓着深沉的爱国义愤与

忧国悲思，堪称一代诗史。

黄遵宪的诗也是其心灵历程的展露。青年时代他就在《感怀》《杂感》中批顽固派和封建文化，表达了"变法"思想。出国后的诗，突出抒写环顾世界、处危自强的志向。维新时期所作《赠梁任父同年》，以"黄人捧日撑空起，要放光明照大千"的意象，寄托民族振兴的渴望。政变后，他在与龚自珍同题的组诗《己亥杂诗》89 首中，回顾一生，坦露胸中理想。他歌颂华盛顿"一人奋臂万人呼，欲废称臣等废奴"，深信"滔滔海水日趋东，万法从新要大同"。《病中纪梦述寄梁任父》更明确宣言："人言廿世纪，无复容帝制。举世趋大同，度势有必至。"

在艺术上，黄遵宪的诗独具特色。他善于刻画形象，状形写人，生动鲜明，又善于吸收和运用散文的笔法、句式入诗，多长篇宏制，铺展恢张。缺点是议论、用典较多。这些都与其诗史特点相应。而部分表现新事物、新意境之作，则在艺术构思上颇费苦心。《以莲桃菊杂供一瓶作歌》借新加坡冬季莲、桃、菊同时盛开的奇观，以花的不同姿态比喻各国纷争和列强侵逼的现实，又借助新的植物学、化学知识展开想象，寄托种族平等与世界大同的理想，构成全新的意象。《今别离》4 首，托言情人两地相思以咏轮船、火车、电报、照相术等，写近代科技而构思奇巧。他对诗歌形式的改革也做过探索。早年他赞赏民歌的清新真率，曾仿作《山歌》，吸取谐音、双关等手法。但他的新派诗并不用民歌体。诗界革命兴起后创作的《军歌》《幼稚园上学歌》等新体诗，则三、五、七言夹杂，打破旧体格律，又保持了诗的韵律节奏。这类构思和诗体力求创变之作虽仅数首，但有开创意义。

黄遵宪的诗集初以抄本流传时，已获多家题跋评赞。梁启超在《夏威夷游记》提出诗界革命时，首先就说"时彦中能为诗人之诗而锐意欲造新国者，莫如黄公度"。在《饮冰室诗话》中更极力推崇："公度之诗，独辟境界，卓然自立于二十世纪诗界中，群推为大家，公论不容诬也。"因此，后来一些论者认为黄遵宪是诗界革命的旗帜和代表。

但是，黄遵宪本人则在《与丘菽园书》中说："少日喜为诗，谬有别创诗界之论，然才力薄弱，终不克自践其言"，因此自比北美洲初辟时"独立风雪中清教徒之一人"，而不是开国的"华盛顿、哲斐逊、富兰克令"。这个自我评价更为准确。黄遵宪的诗大部分作于19世纪后期。在学古诗风盛行诗坛的时候，他转变创作方向，开拓诗歌疆界，描绘海外世界，反映近代历史，抨击统治集团腐朽，抒发爱国义愤，表达民族自强的理想，确实是一种新派诗。但是，他的思想转变经历了较长的过程，已萌生的启蒙思想在前期诗中又较少表露。在诗歌改革方面，也长期在欲挣脱古人束缚又难以出古人范围的矛盾中寻找途径，主要还是利用传统形式、笔法和语言而加以变化。一些有新语句的诗以及新体诗，多为晚年所作，数量不多。梁启超也曾指出，黄遵宪的诗虽"纯以欧洲意境行之，然新语句尚少"(《夏威夷游记》)。因此，黄遵宪主要是近代诗歌变革的先行者和开拓者，为诗界革命的发动提供了创作经验和教训，晚年则成为诗界革命的有力支持者和推进者。

著作和研究资料　黄遵宪的著作生前编定3种：

①《日本国志》40卷。光绪二十一年（1895）由广州富文斋刻成。后稍作增删，光绪二十四年改刻。2001年上海古籍出版社出版影印本。

②《日本杂事诗》2卷。初刻本154首，光绪五年（1879）总理衙门以同文馆聚珍版印行；光绪十六年改订增删成200首，为定本，光绪二十四年长沙富文堂刊

行。1981年湖南人民出版社出版钟叔河辑校《日本杂事诗广注》。

③《人境庐诗草》11卷。宣统三年（1911）刊行于日本。1946年商务印书馆出版钱萼孙（仲联）《人境庐诗草笺注》；后经钱仲联修订，1981年由上海古籍出版社新版，附《日本杂事诗》及传记、年谱、诗话资料。另有北京大学中文系近代诗研究小组整理的《人境庐集外诗辑》，1960年北京中华书局出版。

黄遵宪也擅长散文，但生前未编定文集。1968年，日本早稻田大学东洋文学研究会出版实藤惠秀、郑子瑜辑《黄遵宪与日本友人笔谈遗稿》。1981年《文献》第7、8期载钱仲联辑《人境庐杂文钞》。1982年《中国哲学》第八辑载北京图书馆（今中国国家图书馆）善本组整理的《黄遵宪致梁启超书》。1991年，日本中文出版社出版郑海麟、张伟雄编校的《黄遵宪文集》。此外尚有多篇佚诗、佚文在报刊陆续公布。

有多种传记，以吴天任的《黄公度先生传稿》较为详赡，1972年香港中文大学出版；杨天石的《黄遵宪》较为流行，1979年上海人民出版社出版。